TAKE
SHOBO

眠れぬ国王陛下のイケナイ秘密は没落令嬢の花嫁だけがご存知です

麻生ミカリ

Illustration
ウエハラ蜂

contents

イラスト／ウエハラ蜂

眠れぬ国王陛下のイケナイ秘密は没落令嬢の花嫁だけがご存知です♡

眠れぬ国王陛下のイケナイ秘密は 没落令嬢の花嫁だけがご存知です♡

第一章　不夜王(ふやおう)の花嫁

「ここに、ウェイチェット王国第四十六代国王ジョシュア・ウェイチェット・ランブリーと、ベンソンフォード侯爵が息女ミュリエル・プリムローズの結婚を認める」

大聖堂は、天井まで喝采で満たされる。ステンドグラスの天井絵が割れんばかりの拍手を受け止めていた。

ウェイチェット王国は、近隣から緑の王国と呼ばれる水源の豊かな国である。水源が豊かなら水の国となりそうなところではあるが、その結果山野は美しい緑の絨毯(じゅうたん)で覆われ、民の間では農業が発達したことから緑の国という二つ名がついた。

現国王であるジョシュアは、今年二十七歳。

国によって、十五歳前後で王族が結婚するのを思えば、かなりの晩婚である。

それというのも、ジョシュアは結婚どころではなかったのだ。この近年ウェイチェット王国では悲しい事件が続いていた。若きジョシュアが王位に就いたのは六年前、彼が二十一歳のときだ。父が王位を譲ったのではなく、命を落とした結果の即位である。

彼の人生は波乱万丈だった。

ジョシュア・ウェイチェット・ランブリーはわずか十歳で母親を暗殺された。

ウェイチェット王国内の問題ではない。母である王妃は、大陸内の戦争で大敗した国の王族だった。その関係で、母は殺されたと見られている。もちろん、王宮まで入り込んだ賊が王妃を弑したからには、内部に手引をした者がいることも考えられる。

父王は妃を亡くして以降、腐敗した上層部の傀儡であった。

現実から目を背け、酒と女に溺れる典型的な愚王と成り果て、父もまたジョシュアが二十歳のときに亡くなった。殺されたわけではない。しかし、ある意味では歴史の荒波に呑まれ、命を落とした被害者とも言える。

だが、それは為政者の側から見た言い訳にしか過ぎない。民にとって愚王は愚王。父は、あまり王国民から愛された王ではなかったと、ジョシュアは知っている。

二十一歳で即位したジョシュアが最初にしたことは、父を愚王のままでいさせようとした者たちの粛清だった。彼らにとっては、父が退廃的な生活を送っているのが、都合がよかったのだろう。その分、好き放題に不正をはたらける。宰相を筆頭に、国政にかかわっていながら悪事に手を染めてきた者すべてをジョシュアは排除した。

若き王の潔癖な行いに、ある者は称賛を送り、またある者は恐怖を覚えたという。

怜悧な美貌ゆえに表情のわかりにくい若き王は、彼の寝姿を誰も見たことがないという噂から不夜王と呼ばれるようになった。

　五年前には、長らく敵対関係にあったザイツァント王国とも和解をした。その際、不夜王が差し出したのは妹のマリエ王女である。マリエは当時、まだ十六歳だった。ほかに適齢の女性王族がいなかったという事実はあれど、まだ幼い妹を敵だらけの国に嫁がせ、白い結婚のまま約束の五年が過ぎたときに離縁させて国に迎え入れた。

　この五年で、大陸内で大きな権力を持つザイツァントとの関係性を良化させ、妹姫も取り戻したとあっては、不夜王の国内での支持は絶大である。父のような王にはなるまいという青年王の気概に、王国民は応援と感謝、そして少しの畏怖を感じていた。

　闇夜を溶かした絵の具を煮詰めたような美しい黒髪に、理知的で冷酷な印象のある水色の瞳。青年でありながら、若々しさとはかけ離れ、老練の騎士を思わせる凄惨さをにじませる、美貌の王。

　その王が、ついに結婚したのである。

　大聖堂の高い天井に、楽隊の奏でる祝賀の楽曲が響き渡った。

　――わあ、なんて荘厳な音楽かしら。それに、どこを見ても人、人、人。これほどたくさんの賓客が集まるだなんて現実とは思えないわ。

　不夜王の結婚、その渦中の人である花嫁は、白いドレスに身を包みながらどこか他人事のようにこっそり周囲を見回している。

ミュリエルにとっては、まだこの結婚が自分の現実だと思えずにいるのだ。

なにせ、なぜ自分が陛下の妃に望まれたのかわからない。

ミュリエル・プリムローズ、十七歳。

一応父は侯爵だが、とてもほかの貴族たちと肩を並べられるような生活はしていない。いわゆる貧乏貴族だ。

お人好(ひとよ)しの父は、頼まれるとたいていのことに首を縦に振る。悪い人ではない。ただ、家族や領地を守るという意識はあまりないのだろう。そして往々にして『悪い人ではないのだけど』という前置きをされる人は、人間性が悪くなくとも何かしらの問題を抱えていることが多い。

簡単にいうと父は、経済的な感覚の甘い人だった。結果、家計はいつも火の車。

所有していた農地を少しずつ売却し、ワイナリーも手放した。いつの間にか税を受け取れる畑や果樹園も減ってきている。

ミュリエルが十二歳のとき、母が流行(はや)り病で命を落とし、父は毎日泣きぬれた。まだ一歳の双子の妹たちも、父と一緒に泣いてばかりだった。それもそのはず、赤子は泣くのが仕事である。

幼かったミュリエルは、数少ない使用人の中から赤子のいる家庭の者に相談し、妹ふたりの育児に励んだ。自分が面倒をみなければ、この双子は生きていけない。父は双子の面倒まで見る余裕がないと無意識にわかっていたのだ。

父は優しくて気弱な人である。

もともと、爵位を継ぐのは父の兄の予定だった。優秀な兄の背に隠れていたおとなしくて優しい少年だった父が、兄の死によって爵位を授与されたのである。父自身、どこかでこれは自分の思っていた人生と違うという気持ちが残っているのかもしれない。

泣いてばかりいた父に代わり、妹たちの面倒を見ている間に、ミュリエルは十六歳になっていた。きれいなドレスや首飾りよりも、双子に食事のマナーを教えるほうが重要な毎日。今の家計を考えると、侯爵家の娘だというのに双子に家庭教師をつける余裕もない。ミュリエル自身は十四歳まで家庭教師に教わってきた。

とにもかくにも貧乏貴族の社交界デビューも遠い令嬢が、なぜ国王陛下の花嫁になどなれるだろう。

ジョシュアと出会ったのは今から一年前、十六歳の夏のことだった。

母の姉であるリュクセル公爵夫人が、夏の別荘にミュリエルと双子を誘ってくれた。十日間の避暑地生活に、妹たちはたいそう喜んでいた。なにしろ、ベンソンフォード侯爵には別荘なんて残っていないのだ。すべて、生活に困って手放してしまった。そのうち爵位すら返上する日も遠くない。

「おねえさま、みてみて、おおきなおにわ！」

姉のシェリルが窓の外を指さして目を輝かせている。

「わあ、おねえさま、ごほんがいっぱい……」

妹のクローイは、書棚に詰まった書物を見てうっとりしている。

双子といえども性格は異なる。シェリルは元気で物怖じしない性格だ。一方クローイは少々引っ込み思案で、読書を好む。

ただし、問題はこのふたりが一緒にいると1＋1＝3になることである。行動力のシェリルと、想像力のクローイ。ふたりの遊びはいつも大騒ぎだ。

「さあ、ふたりとも伯母さまにご挨拶しましょうね」

「「はーい！」」

「シェリル、スカートの裾にほこりがついているわよ。こっちにいらっしゃい」

スカートの裾を払ってやると、シェリルが「ありがとう、おねえさま」とにっこり笑う。

「クローイは、リボンが曲がっているわね。結び直しましょう」

髪のリボンを直すミュリエルにクローイが「ありがとう、おねえさま」と微笑む。

「あらあら、ミュリエルはすっかり小さなお母さんね」

そこにリュクセル公爵夫人がやってきて、三人のやり取りを優しい目で見つめていた。

「伯母さま、このたびは別荘にお招きいただきありがとうございます」

「はじめましておばさま、シェリルです」

「あの、おじゃまします、おばさま。わたしはクローイです」

小さな令嬢たちに、伯母はいっそう目尻を下げる。双子にはわからないだろうが、ミュリエルの目には伯母が亡き母とよく似て見えた。ふとした表情や、笑うと眉が下がるところ。思い出の母の姿が伯母に重なった。

「かわいらしい子たち。夏の間は、ゆっくり別荘で過ごしていってちょうだい。困ったことがあったらなんでも遠慮なく話してね。あなたたちは、わたしのたったひとりの妹の忘れ形見なのだから」


伯母の好意で別荘に滞在して七日目の昼過ぎ。

海の見える別荘は、ミュリエルたちの暮らすベンソンフォード侯爵邸と遜色ないほどの敷地がある。そこにリュクセル公爵一家と、公爵家の令嬢の学友たちが集まり、さらにミュリエルと双子が滞在してもまだ部屋は余裕がある。そして離れには、小ぶりなかわいらしい別棟があった。

「ミュリエル、今日は大事なお客さまがいらっしゃるの。申し訳ないのだけど、双子たちを連れて別棟で遊んでいてくれるかしら？」

「わかりました、伯母さま。いつもよくしてくださり、ありがとうございます」

「ああ、なんて素直な子。うちのヒルダもあなたくらい気立ての良い娘だったらよかったものを」

リュクセル公爵家のヒルダは、少々気難しい令嬢だ。ただし、近隣に名を轟かす美女でもある。

——もしかしたら、ヒルダの縁談で高貴な方がいらっしゃるのかもしれないわ。

二歳上のヒルダは、十八歳になった。そろそろ婚約してもおかしくない年齢である。

伯母に言われたとおり、ミュリエルは双子を連れて離れの別棟へ向かった。

別棟は、建物の外壁が緑色に塗られたかわいらしい建物だ。双子は以前から「あのおうちはなーに？」と気にしていたので、別棟に足を踏み入れられる機会に大喜びしている。

「おねえさま、このおうち、めいろかしら？」

「おねえさま、このおうちでかくれんぼできるかしら？」

ここ最近、シェリルとクローイのお気に入りの遊びはかくれんぼだ。とはいえ、別荘に来てからは伯母たちの目を気にしてかくれんぼは禁止にしている。人様の家で好き放題に隠れられては、いろいろと弊害があるからだ。

「そうね、ここならかくれんぼしてもいいわ」

「「やったー」」

双子はぴょんぴょんとその場で飛び跳ねて喜びを表現する。かわいらしいけれど、ほかの人のいる場ではお行儀が悪いと言われかねない。

「だけど、危ないことはしちゃダメよ？　あくまでも――」

「『ベンソンフォードこうしゃく家の令嬢らしく！』」

ミュリエルがいつも教えていることを、双子は口をそろえて言う。こういうところは、息がぴったりだ。

「いい子たち。さあ、最初の鬼はわたしよ。いーち、にーい、さーん……」

「きゃあ！」

「早くかくれなきゃ！」

直前に掃除を入れてくれたのだろう。室内は、長らく使われていなかったにしてはきれいにしてある。

応接間には大きな長椅子とテーブルが置かれ、書斎には磨き抜かれた書き物机がある。寝室がふたつあり、それぞれに大きな寝台が設置されていた。

最初はミュリエルが鬼だ。双子は隠れるのがうまくて、いつもなかなか見つけられない。小さな体ゆえに、どこにでも隠れられる。

何度目かで、今度はクローイが鬼になった。

――どこに隠れようかしら。

子どもたちと遊ぶときは、本気になりすぎず、かつ子ども相手だからといって手抜きをしすぎないことが肝要だ。

　そういえば、最初に見た寝室の寝台はかなり大きかった。

　ミュリエルは小走りに寝室へ向かう。記憶どおり、部屋の中央に置かれた寝台は天蓋（てんがい）つきの豪奢（ごうしゃ）な代物だ。寝台の下に、ミュリエルなら隠れられそうな隙間がある。

　床にしゃがんで覗（のぞ）き込んでみると、さすがは公爵家の侍女たち、見えないところもしっかりと掃除が行き届いていた。

　ミュリエルは妹たちにくらべれば背が高いけれど、同世代の中ではかなり小柄なほうである。肩や腰も薄く、そのわりに胸元だけは発育がいい。

「んっしょ、ドレスの裾がはみ出さないように……」

　もぞもぞと寝台の下にもぐりこむ。

　床下数センチの世界は、どこか懐かしい気持ちになった。もしかしたら、幼いころにもこうして寝台の下に隠れたことがあったのかもしれない。

　陽光がたっぷり入る居室と違い、寝台の下は少し薄暗くなっている。

　――うふふ、クローイ、見つけられるかしらね。

「もういいかーい」

　クローイの舌足らずな声に、ミュリエルは「もういいよーぉ」と返した。それを追いかけるように、ぱたぱたとかわいらしい足音が聞こえてくる。

妹たちは、ミュリエルの心の支えだ。あの子たちがいるから、毎日がんばろうと思う。

貧乏貴族といえども一応侯爵家に生まれた身である。この先数年も経たずに、ミュリエルは父の決めた相手と結婚することになるだろう。それも構わない。貧乏侯爵家を存続させるため、事業に成功している子爵家か男爵家と婚姻関係を結ぶのだ。

――そうしたら、シェリルとクローイもきちんと教育を受けられるようになるわ。それにお父さまもお金の工面で苦しまなくて済む……

薄暗い場所に横たわっていると、だんだん眠気が立ち上ってくる。

家のこと、父のこと、妹たちのこと、亡くなった母のこと、使用人たちへのお給金のこと。

ぼんやりと意識が薄れていく。夏だというのに、寝台の下はひんやりしていて気持ちがいい。

ふと気づいた。もしかしたら自分は最近、寝不足だったのかもしれない。暑い夜が続いていたせいで、この場所がたまらなく快適なのでは――

どのくらいの時間が過ぎただろうか。

ふと目を覚ましたミュリエルは、まだ妹たちが捜しにきていないことに焦る。

寝台横に視線を向けると、

「ひぁッ……!?」

水色の瞳が、じっとこちらを凝視していた。

――な、何？　どなた？　どうしてわたしを見ているの？

急に背筋が冷たくなった気がする。

「あ、あの……？」

何を言えばいいのかわからないけれど、無言で見つめ合う気まずさにミュリエルは口を開いた。

「そこは、居心地がいいか？」

低い声が、やわらかに鼓膜を震わせる。

流麗な声の持ち主だ。年の頃は二十代半ばか、もう少し上だろう。

「居心地というか、かくれんぼをしていまして……」

相手が誰かを確認するより、彼の問いへの答えを探す。だが、初対面で寝台の下にいる女性に向かって、居心地を確認してくるのも珍しい。

――もしかしたら、とんでもなく珍妙なことをしていると思われたのかしら。

「眠っていただろう？」

磨かれたオーク材の床に片膝をつき、彼が重ねて問いかけてくる。

まずはここから出ることだ。ミュリエルはそう思いいたり、ごそごそとドレスの裾を気にしながら寝台の下の隙間から這い出た。

先に立ち上がっていた男性が、右手を差し出してくれる。白い手袋を着用した、大きな手だった。

「ありがとうございます」

おそるおそる手を借りて、ミュリエルも立ち上がる。結い上げた髪が、少し乱れていた。後れ毛がうなじにくすぐったい。

手が大きいだけではなく、彼は背が高かった。

顔を上げて仰ぎ見ると、首が痛くなるほどである。艶（つや）めいた黒髪に、秀でたひたい。すっと細い鼻筋と、くっきり深い二重まぶた。耳の形まで美しく、まるで彫刻のような青年である。

「それで、眠ってみてどうだった？」

――この方は、寝台の下によほど興味がおありなのかしら。

「薄暗くてひんやりしていて、周囲の音もあまり聞こえません。つい、うとうと眠くなってしまう環境だと思います」

自分の感じたことを、なるべくわかりやすく伝える。

すると彼は、ほっと息を吐いた。

「そうだな。寝台の下には安心がある。きみの感性はすばらしい！」

ともすれば、寝台の妖精と考えてしまいそうなほどに、浮世離れした美貌の青年だ。そして言っていることもよくわからない。

だが、伯母の別荘の離れまで入ってくる人物だ。あやしい人ではないのだろう。

「あの、あなたは——」

ミュリエルが彼の名を聞こうとした途端、開け放した扉の向こうからリュクセル公爵夫人が現れた。

「まあ、陛下！　こんなところにいらしたのですね」

——えっ、陛下⁉

この国で、陛下と呼ばれる人物はひとりしかいない。そのくらい、世間知らずのミュリエルだって知っている。

そういえば、今日は高貴な方がご来訪されると聞いていたけれど、それがかの不夜王——ジョシュア・ウェイチェットだったとは。

——わ、わたしったら、陛下にお手を貸していただいてしまった！

「リュクセル公爵夫人、勝手に邸宅内を散策してしまってすまない」

「いえ、どこなりともご覧いただいて問題ございません」

「ところで、この娘はあなたのご息女だろうか？」

国王ジョシュア・ウェイチェットは、ミュリエルの肩に手を置いて伯母に尋ねる。

——どうしましょう。陛下に何か失礼を……

「いいえ、そちらはベンソンフォード侯爵の長女でミュリエル・プリムローズです。わたくしの亡き妹の忘れ形見ですの」

「ミュリエル・プリムローズ」

何かを噛みしめるように、彼がミュリエルの名前を口の中で反復した。

美しい声で紡がれると、自分の名前が特別なものになったような気持ちがする。

――陛下のお声は、とても穏やかなのね。触れたらとろりと肌に馴染む、上質な布地のよう。

おそろしく冷酷な王だという評判も知っていたからこそ、ミュリエルは実際にジョシュアを前にして驚いていた。

少々風変わりではあるけれど、ジョシュアは決して畏怖の対象ではなかった。それどころか、麗しい顔立ちになめらかな声音、大きな手と澄んだ瞳は、異性としてこの上なく魅力的に見える。

十六歳の少女にとって、彼の姿はあまりに雲の上の美貌だった。

「ミュリエル」

ぼうっとジョシュアの横顔を見上げていたミュリエルは、名を呼ばれてハッとする。

「は、はい」

廊下から、開いた扉にひょこっと顔を出して、双子がこちらを窺っていた。

――あの子たち、今までどこにいたのかしら。陛下の前で粗相をしないといいのだけど。

そんなことを考えていると、ジョシュアが白い手袋を着けた手でこちらの顎をくいと持ち上げる。

──え？　な、何……？

「ミュリエル・プリムローズ、どうか私と結婚してもらえないだろうか？」

「…………けっこん、ですか？」

鸚鵡返ししつつも、言葉の意味が頭に入ってこない。

ミュリエルの辞書に、結婚の文字はある。しかしそれは、現時点ではまったく自分に無関係の単語だった。

突如どこからともなく降って湧いた求婚に、じわじわと感情が追いついてくる。

──陛下が、わたしと結婚⁉

ジョシュアは、至極まじめな表情でミュリエルを見つめていた。まっすぐすぎる瞳に射貫かれて、呼吸すらうまくできない。

心臓が、胸から飛び出してしまいそうなほどに早鐘を打つ。

こんな感覚は生まれて初めてだ。そもそも求婚されるのだって初めてなのだから当然だろう。

──ほんとうに？　誰から求婚されてもこんな気持ちになるの？

ミュリエルの心は、自問を否定する。

相手が、この美しい謎めいた男性だからだ。神の寵愛を一手に受けたとしか思えない、特別な人。

「それとも、すでに誰かと婚約を？」

「い、いえ、していません」

「誰か、想う相手が？」

「まさか！　そんな方はいません」

ミュリエルの返答に、ジョシュアがかすかに安堵するのが見えた。

彼はあらためてミュリエルの瞳を覗き込んでくる。

「では、どうか私と結婚してほしい、ミュリエル。きみは私の理想の女性だ。なんとしても、きみに我が妃となってもらいたい」

人生で初めての言葉をいくつも浴びせられ、もう自分が自分ではなくなってしまう気がしていた。

なぜ、自分なんかを。

いったいどこが理想の女性だというのか。

背も低ければ、童顔で世間知らずで、社交界デビューだってしていない。ただの田舎の貧乏貴族の娘だというのに。

――それなのに、陛下はわたしを望んでくださるの？

伯母の驚いた顔も、双子の興味津々の瞳も、夏の虫たちの鳴き声も、何もかもが一瞬で遠ざかっていく。

この世界に、ジョシュアと自分しかいなくなってしまったような錯覚の中、ミュリエルは震える唇で「はい」と答えた。

恋をするのに時間は要らない。

わずか数分で、ミュリエル・プリムローズは恋に落ちた。しかもそれは、初恋だった。

理知的で、何事も合理的にこなす青年王からの突然の求婚。

「けっこん！　けっこん！」

双子がやんやと騒ぎ立てる声が遠く聞こえる。

伯母はがっくりと肩を落としていた。おそらく、ヒルダをジョシュアに紹介したかったのだろう。

「面倒も多いだろう。ともに乗り越えてほしい、ミュリエル」

「ありがとうございます、陛下」

――ごめんなさい、伯母さま。わたし、この方のおそばにいたいんです。

雛鳥（ひなどり）は、生まれて初めて見た相手を親鳥だと思い込む。この恋が、刷り込みだと言われてもかまわない。現実にミュリエルの胸は高鳴っていて、ジョシュアはまっすぐにこちらを見つめてくれている。

恋をした。彼に――ジョシュアに、恋をしたのだ。


そして、それから一年間の準備期間を経て。

今日この日、ミュリエル・プリムローズはウェイチェット王国、第四十六代国王ジョシュア・ウェイチェット・ランブリーの妃となった。

・・・・・━・・・・・・・・・・・━・・・・・

各国からの来賓たちに囲まれ、慣れない他国の言葉にかろうじて返事をし、長い裾につまずきそうになってはジョシュアに助けられる一日がやっと終わった。

侍女四名の手を借りて脱いだウエディングドレスは、その役目を終えたとばかりに床に崩折れている。それを横目に運び込まれた浴槽へ移動すると、つま先からじいんと体の疲れがほぐされていくのがわかった。

「ラベンダーの香りがするわ」

「はい。陛下からお妃さまはラベンダーの香りをお好みだと伺っております」

「まあ、陛下が?」

十七歳になったミュリエルは、もとより丸い目をまんまるにして侍女を見上げる。

小柄なのは相変わらずだが、ジョシュアと初めて出会ったころより少しは成長した。特に胸元はよく育ち、最近は自分の体を姿見で見るのが憂鬱なほどである。

月光を紡いだように美しい金糸の髪と、大陸では珍しいとされる若草色の瞳。ほっそりとした腕と脚に陛下とくらべるとずいぶん小さな手。

ミュリエルは、年齢よりも幼く見える自分の顔立ちが好きではなかった。むきたてのゆで卵のようなつるりとした顔は、今も子どもっぽさを色濃く残している。目が大きすぎるのも、瞳が大きすぎるのも、赤子のように見える理由だ。

それでいて胸や腰回りだけは年齢相応に発育していくから、アンバランスさが際立ってしまう。

――この胸、もう少し小さくならないものかしら……

「今夜は香油もラベンダーをご用意しております。陛下もお好きなのですよ」

「ありがとう、嬉しいわ」

結婚の儀が終わったとなれば、夜に待っているものは決まっている。

今夜は国王夫妻の初夜だ。

――どなたと結婚するにしても、その夜か翌日が初夜だと知られるのは同じ。ただ、お相手が陛下だと国内外の皆さまに、今夜これから契るのだと知られてしまうのが恥ずかしい……！

社交界デビューもないまま王妃となったミュリエルのことを、有力貴族たちはあまりよく思っていない。それもそのはず、ジョシュアの縁談が遅かったことで誰もが「我が家の娘を」「いや、我が家の姪を」と躍起になっていたのだ。

およそ国内の社交界に顔を出す令嬢たちは、一度か二度、ジョシュアに挨拶をしたことがある。早くに即位したため、ジョシュアはなかなか縁談に踏み切らなかった。それというのも、前王の時代に政治を担っていた者たちを処分し、王宮の膿を出すことに尽力したからだと聞いている。

　彼が国王となって六年。

　ミュリエルが母を亡くした翌年に、ジョシュアは王となった。

　お互いにもっとも忙しい時期を別々の場所で過ごしていたことになる。それもあって、ミュリエルは王室事情にあまり明るくなかった。

　――たしか、陛下の妹姫がザイツァント王国からお戻りになられているはず。

　婚約期間中は、王妹のマリエはザイツァントに暮らしていた。彼女はザイツァントの王子と政略結婚をしていたのである。ほんのひと月前、マリエ王女は離縁をしウェイチェットへ戻ってきた。

　二度ほど挨拶をさせてもらったが、ジョシュアと面差しのよく似た美しい女性だ。夜の女王もかくやと思わせる緑の黒髪に、兄より深い藍色の瞳。白磁の頬と女性にしてはすらりと高い背が、どんなドレスも着こなせそうな人物である。寡黙なところもジョシュアとよく似ていた。

　今日の式典では、とにかく決められていたとおりにことを運ぶだけに終始してしまったが、近日中にあらためてマリエ王女にも挨拶をすべきだろう。これから、同じ王宮内で暮らすのだ。

　ジョシュアの両親や国内の近親者はほとんどが亡くなっているため、マリエは彼にとって唯一といって差し支えない大切な家族である。

「まあまあ、王妃さま。そんなに赤くなられるまで入っていては、湯あたりしてしまいますわ」

「そ、そうかしら。でも、もう少し……」

逃げたいわけではないのだが、初夜の意味を一応知っているからこそ、ミュリエルは長湯してしまう。体を清めたいのもある。同時に、そのときを少しでも先延ばしにしたい気持ちもあった。

――わかっているわ。わたしは王妃になったんだもの。陛下と心も体も結ばれたいと、ちゃんと思っているの。

そうはいっても、人生で初めての出来事を前に足踏みするのも人間として至極当然のことだ。ここをぐっと乗り越えて、大人の階段をのぼる。それが今夜のミュリエルの課題である。

入浴を終え、侍女たちに髪の水気を払ってもらい、ウエディングドレスとよく似たレースを使った白いナイトドレスを着せてもらった。夏の花嫁には、涼しげなレース地のガウンがとても似合う。

かくしてミュリエルは、瀟洒(しょうしゃ)なナイトドレス姿で王の待つ寝室へ。

侍女たちに四方を囲まれ、手燭(てしょく)の明かりが揺れる中を歩いていく。

――わたし、ついに陛下と結ばれるのね。

出会ったその日に求婚された。その事実だけがひとり歩きし、民の間では「不夜王の一目惚れ婚」などと噂になっているらしい。

しかし、実際のジョシュアはミュリエルを王妃として求めてくれているのはわかるが、恋をしているふうにはあまり見えない。いつ会っても、どこか遠くを見つめている人だ。彼の目には、遠い未来が見えるのか。あるいはミュリエルが小さすぎて、あまり見えていないのか。

「陛下、王妃さまをご案内いたしました」

ノックのあとに、侍女頭が扉の向こうに向けて声をかける。

「入れ」

中から、少しくぐもった低い声が聞こえてきた。ああ、陛下のお声だ、とミュリエルは胸が温かくなる。

あの声に導かれてここまで来た。

彼と出会ってから、この一年。王宮で様々なことを学び、王妃として恥ずかしくない振る舞いができるよう努めてきたのだ。

すべては、この日のために。

いや、ここからはじまる新しい生活のために。

重厚な扉を開くと、そこは見たことのない深い紅色の壁紙の部屋だった。紅色に、金の装飾が施されている。毛足が長く、室内履きの底が沈み込むようなカーペット、天井から吊り下げられた絢爛豪華なシャンデリア、そして高貴な真紅の天蓋布が下がる大きな寝台。

そのすべてを従えるように、ジョシュアが立っている。

昼間の婚礼衣装とは違い、ゆったりとした寝間着姿ではあるけれど、彼の神々しさはまったく衰えていない。それどころか、夜の帳が下りたことでいっそう優美に、ことさら麗しく存在している。

——こんな美しい方の隣に立つのがわたしで、ほんとうにいいのかしら。

神の前で誓いあったというのに、まだミュリエルは尻込みしてしまう。十歳上の彼は、表情を変えることなくこちらに右手を差し出してくれた。それは、初めて会ったあの日と同じで。

「こちらへ、ミュリエル」

「は、はい」

心臓が口から飛び出してしまいそうだった。

手と脚はどちらから出して歩けばいいのか、そんなことすらわからなくなる。

不出来なマリオネットのようにガクガクと歩いていくミュリエルを、ジョシュアはじっと待っていてくれた。

「我が妃よ、私はこの日をこの夜を、一年間ずっと待ち望んでいた」

「陛下……」

しなやかな筋肉で覆われた両腕が、ミュリエルを掻き抱く。その抱擁からは、彼の言葉どおりミュリエルを求めていてくれたのが伝わる。情熱的で、愛情を感じさせる彼の腕に、ミュリエルは身を任せ――

「きみの体はとてもやわらかいんだな」

「そうでしょうか」

過発達の胸元が気がかりだ。ジョシュアの好みではなかったらどうしよう。

「私は、これまでの人生でこんなにやわらかな存在を知らない」

ぎゅっと抱きすくめられると、胸元の双丘が彼の硬い腹筋で押しつぶされる。

――陛下のお体が引き締まっていらっしゃるから、いっそうわたしの体がやわらかく感じられてしまうのだわ。なぜかしら、ひどく恥ずかしくなってしまう。

「肩も背中も、胸元も……」

言葉に出して確認するだけではなく、ジョシュアは肩から背を手のひらで優しく撫でていく。

「んっ……！」

初めての感覚に、ミュリエルは身を硬くした。

「ああ、すまない。痛かっただろうか」

「いえ、そうではなく……！」

――触れられて、体が甘く蕩けてしまいそうだった。おかしな声が、出そうになる……っ！

おそらくそれは、おかしな声ではなく快楽の声なのだろう。一応、閨での作法は学んできた。

王宮の秘密のお妃教育である。

――恥ずかしい。だけどこれは恥じらうことじゃないの。ああ、そうはいっても恥ずかしいわ！　陛下に体を知られてしまうだなんて……

「いつまでもこうしていては湯冷めをする。寝台へ行こう」

彼の言葉に、肩がぴくっと震えた。

ついに、そのときがやってきたのだ。

彼の手を取り、寝台へとゆっくり進んでいく。そして、寝台の前に立って向かい合う。

「さあ、ミュリエル」

――え、えっと……？

ミュリエルが当惑したのは、彼の右手が指し示すのが寝台の上ではなかったためである。その手は、明らかに寝台よりも下、寝台の底と床の間の隙間を指していた。

――どうしよう。これは聞いていた作法と違うわ。だけど、陛下にとっては寝台の下が正しい場所なのだとしたら……

「どうした？」

「い、いえ」

困惑を押し殺し、ミュリエルはにこりと笑(え)まう。

――うん、わからないことはわからないままでいいんだ。陛下の思うとおりにしていただくべきだわ。

彼のうながすまま、寝台の下に身を滑り込ませる。想像以上にこの寝台の下には高い隙間があった。

——それにしても寝台の下というのは、どちらにしても湯冷めするのでは？

「きみのやわらかな肌では、ここで眠るのは体を痛めそうだ。私に寄りかかって眠るといい」

そっと抱き寄せられ、彼の体からかすかにラベンダーの香りがする。自分の肌からも、同じ香りがしているはずだ。

「ありがとうございます、陛下」

胸元に顔を寄せ、目を閉じる。心臓の高鳴りと裏腹に、ミュリエルは覚悟を決めていた。

閨での作法その一。夫のなすがまま、抗うことなかれ。

大きな手が髪を梳く。さらさらと彼の指の隙間をこぼれていく自分の髪を感じながら、この先に何が起こるのかミュリエルは緊張して待っている。

「今日は疲れただろう」

「陛下こそ、お疲れではありませんか？」

「このくらいの国事には慣れている。だがきみは違うのではないか」

言われてみればたしかにそのとおりだ。国王であるということは、常に国の行事に参加する。六年もの間、彼はこうした国事をこなしてきた。

「慣れているからといって疲れないわけではありませんもの」

「……優しいのだな」

彼の吐息がミュリエルの前髪を揺らす。

――っっ！　く、くすぐったい！

けれどそのくすぐったさには、甘やかな期待がともなった。

たとえ、寝台の上でなくともかまわない。この人とこの先の人生をともに過ごしていける。

それだけでミュリエルの心は幸福に満ちていた。

婚約以降、ベンソンフォード侯爵邸にはさまざまな配慮がなされた。主に王室による経済的援助が与えられ、次いで次期王妃の生家(せいか)としての名誉が与えられた。

自分が嫁いでいくことで、残される妹たちのことを懸念していたミュリエルだったが、王妃の妹として恥ずかしくない教育を受けられることになった。週に四回、それぞれの教科の家庭教師が実家を訪れている。使用人の数も増え、父も穏やかな暮らしをしていると聞く。

――すべて、陛下のおかげだわ。

この人が、ミュリエルの世界を救ってくれた。

「あの」

「どうした？」

「陛下は、いつも寝台の下でお休みになられるのでしょうか？」

気になっていたことを、おずおずと尋ねてみる。

「ああ。そのほうが安全だ」

「そうなのですね」

――だから『寝ている姿を誰にも見られない』、そして『不夜王』と呼ばれるのだわ。

どう安全なのかはよくわからないけれど、国王陛下にはミュリエルごときには考えもつかないような危険があるのかもしれない。問うても良いものか、考えていると彼がミュリエルのひたいに唇でそっと触れた。

「おやすみ、我が妃よ」

――おやすみの、キス。

子どもにするようなかわいらしいキスが、心をくすぐる。

ミュリエルが疲れているのではないかと気遣ってくれる優しい夫は、夫婦の営みを今夜行う気はないらしい。緊張がほぐれ、彼の腕の中でミュリエルは静かに呼吸を繰り返す。

「おやすみなさい、陛下」

人の肌は熱い。

特に、双子の妹たちの手は子どもだからということもあって、とても熱かった。

しかし、ジョシュアの肌から伝わる熱は、それとは違う何かをミュリエルに感じさせる。

いつもなら寝台に入るとすぐに眠ってしまうのだが、今夜はいつまで経っても睡魔が訪れない。ミュリエルは長い夜を短い睡眠で刻みながら、うとうとと過ごした。

・・・・・｜・・・・・｜・・・・・

——こんなに小さくか弱い存在を、今まで見たことがない。

朝、目を覚ますとジョシュアの腕の中には無邪気に眠る花嫁がいる。

彼女はこの世に危険があることなど知らない顔で、幸せそうに寝息を立てていた。

初めて会ったときに、寝台の下で午睡(ごすい)をするミュリエルに衝撃を受けたのを忘れられない。

自分以外にも、こんな場所で安らぎを得る人間がいる。その事実が、ジョシュアの心を熱くした。

長年、遠く近くさまざまな立場の人間から結婚を急(せ)かされてきた身としては、初めて自分と同じ感覚を持つミュリエルに出会い、その場で求婚してしまったほどである。

——だが、あの感覚は間違っていなかった。彼女ほどふさわしい人はいない。

やわらかそうな頬に、薄く赤みがさしている。それこそがミュリエルの健康を表していた。

ジョシュアはそっと彼女の頬に指を滑らせてみる。

表面はしっとりしていて、皮膚が薄い。軽く指腹を押し込んでみると、赤子のようにふんわりしている。国王を六年も務めていれば、民が赤子を抱いてほしい、名をつけてほしいと頼んでくることもある。

——十七歳になっても、女性はこんなに頬がやわらかいものなのか？　それとも、ミュリエルが特別なのだろうか。

これほど可憐な少女を妻に娶り、手を出さずに一夜を過ごすというのもなかなかの試練ではあった。

しかし、ジョシュアは己に誓っている。

ミュリエルがこの生活に馴染むまで、彼女の純潔を奪うことはしない、と。

つん、つん、と何度か頬をつついていると、彼女は「んん」と小さくうめく。

「……かわいい」

思わず声が出た。かわいすぎる。妃がかわいすぎて、胃がよじれてひっくり返りそうだった。

「んぅー……」

彼女がもぞりと寝返りを打ち、細い腕を天に向けて伸ばす。

危ない、と思ったときには小さな手が寝台の底にコンとぶつかっていた。

「んっ、痛ぁ……」

長いまつ毛が揺れて、若草色の瞳がとろんと手の甲を見つめる。

「大丈夫か、ミュリエル」

「！　お、おはようございます、陛下」

白い頬がみるみるうちに赤くなった。

——なんだ、このかわいらしさは。

寝起きで多少は落ち着いていた下半身が、ぐんと力を漲らせる。いや、今はそのときではない。彼女がいかに愛らしかろうと、朝から盛るのは人としてどうだ。王としてどうなのだ。

——王ゆえに許されると言ってしまうのは、愚王の行いである。

しかも彼女は生娘だろう。昨晩手を出すのを控えたのに、朝になって彼女を抱くのも何か違う。

心を通わせたい。

せっかく寝台の下で眠ってくれる妃を迎えたのだから、彼女とともに幸せになりたいのだ。

——ならば今、自分のすべきことは……

「おはよう。よく眠れたか?」

「そう、ですね。少し緊張していましたが……」

昨晩は青みがかって見えた白目が、少々充血している。この様子からして、ミュリエルは睡眠不足かもしれない。

「どうやらきみは、寝台の下で寝ることに慣れていないようだ」

ジョシュアとしては、無理をしないでほしいと告げたつもりだった。

けれど、ミュリエルは困った顔で目をそらす。

「あ、あの、わたし、がんばりますので!」

——何をだ?

「寝台の下でも熟睡できるよう、特訓いたします!」

「いや」

「わたし、きっと日中の活動が少ないのだと思います。なので、今日からはもう少し体を動かしますね。そうしたら、きっともっとぐっすり眠れるはずです」

可憐な笑みを前に、ジョシュアは何も言えなかった。

これまで、彼のためにともに寝台の下で寝てくれる人などひとりもいなかったのである。無論、自分がそこで寝るのをよしとしているだけの話だ。誰かに添い寝を求める年齢でもない。

——十歳のころから十七年。ひとりで寝台の下にいた。そこに、ミュリエルがやってきてくれた。

心と下半身に甘い熱が広がっていく。

——この娘が生涯の伴侶だ。父のようにはならない。かならず、ミュリエルを幸せな妃にしてみせる。

生まれてはじめてとも言える独占欲に身を焦がし、ジョシュアは愛しい妻をぎゅっと抱きしめた。

「へ、陛下、ちょっと苦しいです……っ」

「ああ、すまない。今日も忙しいとは思うが、無理はしないようにな」

「はい。わたし、健康には自信があるのでご安心ください」

細い腕で力こぶを作って見せるミュリエルは、端的に言って天使だ。

彼女の快活な笑みと、明るい声が、ジョシュアの生活を変えていく。そんな予感がしていた。

・……|……・……|……・

朝食堂に、きらきらと光が舞う。

アーチ型の窓から朝陽が射し込み、テーブルに並んだ銀食器に反射していた。

王族は、この朝食堂に集って皆で食事をともにする。昼はそれぞれ自由に食べることになっていて、夜は公務が入っていなければ晩餐室でそろって夕食をとるそうだ。

これまで、王宮に通って王妃教育を受けていたミュリエルだが、こうして王族と日常的な食事をともにするのは今日が初めてになる。

——今日から、わたしの王宮生活が始まるんだわ。

上品な盛り付けの朝食を前に、ミュリエルは礼儀正しく椅子に座っている。ジョシュアとマリエも席についていたが、ふたりとも顔色がよろしくない。朝に弱い兄妹なのだろうか。

「！　おいしい、です！」

ミュリエルはひと口ごとに王宮の食事に舌鼓を打つ。

その姿を見てジョシュアは小さくうなずき、マリエは黙ってフォークとナイフを動かす。

――いけないわ。あまり食事に感動しすぎていては……

体を動かす以外にも、ミュリエルにはこの王宮でやるべきことがある。王妃としての公務はもちろん、それとは別にまずマリエともっと親しくなるのが目標だ。

ジョシュアにとって、ただひとりの家族。

マリエは、ミュリエルにとっても大切な姻族である。

しかし、思った以上に王妃の生活というのは忙しない。朝食を終えると、民のために礼拝堂で祈りを捧げる。それが終わったら、午前中は王宮へやってきた者たちから結婚祝いの挨拶を受ける。昼食をとると、午後はまた客のもてなしだ。

――座っているうちに、一日が過ぎてしまったわ……

夕陽を眺めるミュリエルは、思わず小さなため息をついた。

王妃には、貧乏貴族の娘とは違う気苦労がある。そんなことは想定内だ。

それに、ジョシュアはもっと忙しいはず。彼をささえる妃となるためには、このくらいで音を上げるわけにはいかない。

――わたしの取り柄は、元気なこと。それから、寝台の下にするりと入れる小さな体！

中庭の見える部屋で午後のお茶を楽しんでいると、廊下を歩く人たちの足音がよく聞こえてくる。

不意に、その足音のひとつが扉の前で立ち止まった。硬質なノックの音に続いて、

「ミュリエル、入ってもいいか？」

ジョシュアが尋ねる声が聞こえた。

「はい、どうぞお入りください」

女性用のひとり掛け椅子に座っていたミュリエルは、慌てて立ち上がる。口には頬張ったばかりのスコーンが入っていた。必死に噛み砕いて呑み込む。モゴモゴしながらジョシュアを迎え入れるのはよろしくない。

部屋の内側から、侍女が扉を開ける。

すると、自らワゴンを押してジョシュアが室内にやってきた。

「まあ、陛下、どうなさったのですか？」

驚きに、思わず声が上ずる。彼の押すワゴンには、ナッツをたっぷり載せた焼きたてのパイが湯気を立てていた。

「先ほど、料理長から王妃の好む菓子について尋ねられた。残念ながら、私はきみの好みを未だ把握していないので、いくつか参考に作ったという菓子を届けに来た」

――陛下が、ご自身で？

よく見れば、最上段のナッツのパイのほかに、下には珍しい焼き菓子や、果実を使った菓子

もある。誰かに運ばせることもできただろうに、ジョシュアはわざわざ自分で運んできてくれた。

「ありがとうございます。わたし、甘いものならなんだって大好きです。せっかくなので味見させていただいてもいいですか？」

「もちろんだ。切り分けてもらうといい」

侍女がワゴンを受け取り、早速ナイフを準備する。

「陛下も、よろしければご一緒にいかがですか？」

ずうずうしいだろうかと思いつつ、ミュリエルは夫を見上げた。

「そうだな。きみが食べる姿を見るのは楽しい。せっかくだから、私も少しご相伴にあずかろう」

彼は長椅子に腰を下ろすと、優雅な所作で髪を軽くかき上げる。

ミュリエルは、これまでパイは焼き立てではなく粗熱を取って冷ましたものしか食べたことがない。王宮では、焼き立てを食す文化があるのだろうか。

切り口からふわりと湯気の立つナッツのパイは、横から見ると下のほうにクリームが入っている。スライスした柑橘を載せたクッキーに、真っ黒いけれど焦げたわけではないらしい焼き菓子が皿に取り分けられ、ミュリエルの前に置かれた。

「……どれも、珍しいものばかりですね」

「ああ。王宮の料理長は、よく食べる人間を好んでいる」

――えっ、わたし、よく食べるって思われてるの？

たしかに朝食の様子を見ると、ジョシュアとマリエの兄妹は少食だった。それにくらべれば、ミュリエルは出された料理をすべて完食している。健啖家（けんたんか）と思われるのも当然か。

――だって、せっかく作っていただいたお料理を残すだなんてもったいないわ。何より、王宮のお食事はどれもこれもおいしくて……おいしすぎて……！

考えてみれば、ミュリエルは昔から好き嫌いのない子どもだった。母の生前は、侍女を連れて果物狩りに出かけ、皆で持ち帰った果実を煮てジャムを作ったり、ケーキを焼いたりしたものだ。ミュリエルは幼かったこともあり、自分で果実を摘むことは禁じられていた。季節ごとの魚や野菜、少し硬くなったパンをひたしたスープ、残り野菜のリゾット。なんでもおいしく食べられる。

「わたし、そんなに食べるほうでしょうか？」

大食い王妃なんてあだ名がついたらどうしよう。ミュリエルは声をひそめて尋ねた。

ジョシュアが一瞬、眉を上げる。あまり表情のわかりやすい人ではないため、こんな顔を見たのは初めてだ。

「よく食べるのは健康の証（あかし）だ。王妃が健康で何が悪い？」

「ありがとうございます」

――うん、わたしはたくさん食べる元気な王妃になろう！

基本的にミュリエルは素直だ。人の言葉はそのまま受け止める。夫であるジョシュアが健康を美徳と考えているのなら、大食い王妃とあだ名されても気にすることはない。

よく食べて、よく働き、よく眠る。

――あとは、やっぱりもっと体を動かさなくては……

さく、とフォークがパイを切り分ける。小気味よい音に、食べる前からおいしい気持ちになった。

ナッツたっぷりのパイを口に入れると、想像以上の甘さに下顎が蕩けそうになる。

「んん……！　おいしい……っ」

右手にフォーク、左手を頬に当て、ミュリエルは美味に目を閉じた。

さすがは王宮の料理長。専門職で活躍する職人の作る菓子は、これまでに食べたどんなパイとも違っている。

「陛下、このパイとってもおいしいです。まだあたたかくて、クリームが舌の上で蕩けるんです！」

思わず力説してから、自分の落ち着きのなささを恥じる。

王妃たるもの、感情的な発言や行動は控えるべし。

この一年、王宮に通って王妃教育を受けてきたというのに、甘味（かんみ）ひとつで馬脚を露わしてしまった。

「そうか。ミュリエルが食べていると、いっそうおいしそうに見える」

ジョシュアは、表情の豊かなほうではない。はっきり言うと、いつも怖そうな顔をしている。

美しすぎる相貌のせいかもしれないが、国王という重い責務を担う男性の厳しさを醸していた。

それが、今はぐっと目尻が下がっている。反対に口角はきゅっと上がっている。

「陛下が、笑ってくださいました……！」

興奮に震えそうな声で、ミュリエルは思わずつぶやいた。

「とてもステキです。いつもの威厳ある表情も魅力的ですが、笑っている陛下を拝謁できて、わたしとってても嬉しいです！」

彼は自分が笑っていたことにも気づいていなかったのか、ひたと頬に手を当てて怪訝な目をしている。

「私は笑っていたのか？」

「笑うというより、微笑んでいらっしゃいました」

「そうか。きみといると、どうにも頬が緩んで仕方ない」

「この甘いパイを食べたら、きっともっと笑顔になれます。陛下もご一緒しましょう」

「ああ、そうしよう」

室内でふたりを見守る侍女たちが、かわいらしい新婚夫婦のやり取りに小さく目配せする。

この結婚は、大丈夫そうだ。

王宮で働く者たちも、不夜王の結婚生活が幸せであることを願っている。


……─……─……


──どうしよう。今日もあまり眠れなかったわ……

朝食堂で、ミュリエルは小さくため息をついた。

結婚から十日が過ぎ、王宮も落ち着きを取り戻しはじめている。日常生活が始まったのだ。

ジョシュアとの幸せな時間をいくつも経験し、王妃としてのミュリエルは幸福の只中にある。

それなのに、ミュリエルは床の上で寝ることにどうにも馴染めていない。健康面に不安のある毎日だ。もしジョシュアがそれを知ったら、失望されてしまうのではないだろうか。

──だって陛下は、わたしが寝台の下でうたた寝しているのを見て求婚してくださったんですもの。それが、結婚したら寝台の下では眠れませんなんて、詐欺でしょう?

ふう、と小さなため息をひとつ。

「ミュリエルさま」

いつもどおり少食のマリエが、珍しく話しかけてくる。王と王妹は、食事中に一切会話をしないのが常だ。

「は、はい！」

　玉子料理をフォークでつついていたミュリエルは、ハッと顔を上げた。

「今朝は少しお元気がないようですが、どうかされまして？」

　黒髪を肩に垂らした年上の義妹は、表情ひとつ変えずに問うてくる。

　――マリエさまに心配をかけてしまうだなんて、わたしったらいけないわ。

　ミュリエルは小首を傾げてにっこり微笑んだ。

「ご心配をおかけしてしまって申し訳ありません。わたしは元気です！」

「ならよろしいのですが」

　ナプキンで口元を軽く拭うと、マリエはグラスの水を飲む。細く長い指の形がジョシュアに似ていた。

「健啖家のミュリエルさまが、今朝はあまり食事が進んでいらっしゃらないようでしたので。余計なことでしたら失礼」

「い、いえ！　元気なのでたくさんいただきます！」

　――やっぱり健啖家と思われていたのね。間違いではないんだけど！

　実際、マリエは小鳥がついばむ程度しか食事をしないので、彼女にくらべればミュリエルはかなりの大食いと言われても仕方がない。

　睡眠不足の体に、もりもりと朝食を詰め込んでいく。食べてみれば案外食べられる。これはひとえに王宮の食事がおいしすぎるせいだ。

「もしよろしければ、午後に少しお茶でもいかが?」

食べ終えたところでマリエがお茶に誘ってくれた。どうした風の吹き回しだろう。しかし、マリエともっと親しくなりたいと思っていたミュリエルにとっては、願ってもない提案だ。

「嬉しいです。今日は午後には王宮に戻る予定ですので、ぜひ」

朝陽のきらめく朝食堂をあとにすると、ミュリエルは侍女たちと礼拝堂へ向かった。毎日の祈りは欠かせない。穏やかな日々に感謝を込めて、祈りを捧げる。

今日は、このあと王都にある医療院を視察する予定になっていた。

——マリエさまとお茶だなんて、なんだか緊張するわ。あ、もしかしたら外出で何かお土産になるようなものを買えるかしら?

義妹とはいえ、マリエはシェリルやクローイとは違う。双子は、ミュリエルが街に買い物に行くたび、飴細工や玩具をお土産に買ってくるのを楽しみにしていた。

——あの子たち、元気にしているかしら。十日も会わないなんて初めてだけど、わたしを恋しがって泣いていないかしら……

王妃の生活にも休日はある。ただ、結婚からこちら、なかなか忙しくて実家に顔を出していない。新婚の王妃がたびたび里帰りするのも周囲に心配されるだろう。

何より、ミュリエルには大きな気がかりがふたつもあった。

ひとつは、ジョシュアの望む寝台の下での安眠が、未だ得られていないこと。

少しずつ眠れるようになってきたと思う反面、この数日どうにも背中や腰が痛い。人間は硬い場所で眠れるようにできていないのではないか。

——いいえ、陛下は昔からあの場所で眠っていらっしゃるんだもの。わたしだって、訓練すればきっとできるようになるはず！

そして、もうひとつの気がかりは、いつまで経ってもふたりの間に夜の営みがないことである。

王族であろうと平民であろうと、結婚には共通した大きな目的が存在する。子孫繁栄だ。そのためには、夫婦が仲良く夜を過ごす必要がある。具体的なところまで、ミュリエルはその行為を知っているわけではない。いくつかの作法と心得を学んだが、その先は陛下に委ねて仰せのままにするよう言われている。

——もしかしたら陛下は、わたしのことをまだ幼いとお考えなのかもしれない。十七歳なら、結婚している子もいるけれど……

ウェイチェット王国では、十七歳を目処(めど)に社交界デビューを飾る。貴族の令嬢たちは社交の場で見初められ、縁談を申し込まれると聞く。

十六歳でジョシュアの婚約者となったミュリエルは、彼の意向もあってデビュタントになることなく嫁いできたが、同世代の女性たちより早い結婚だという自覚はあった。

それでも諸事情で、十六歳、十七歳で結婚する女性もいる。多くは家の都合だ。男性の中には、若い妻を欲する者も多い。金満家の男性が、困窮した家の若い娘と結婚する話はどこにでもある。そして、ミュリエルもそうなっていてもおかしくなかった。

——だからこそ、わたしとわたしの家族を救ってくださった陛下に、少しでも恩返しがしたい。

健康な若い体。ミュリエルの武器はそれだけである。

だが、それは子作りにはおそらく有効な武器だ。そう思ってから、違う、と心の中で否定の声が聞こえてきた。

出産の武器であって、子作りそのものには異なる武器が必要なのではあるまいか。

——男性は、興奮なさらないと子作りの準備が整わないと習ったわ。そのために、夫の望むことに応じるようにも言われたもの。

ひと口に興奮と言われたところで、経験もなく男性の生理現象もわからないミュリエルには、具体的に何をどうするとジョシュアを興奮させられるのか思いつかなかった。けれど、世にいう色気のある女性なら知っている。気だるげで、どこかミステリアス。伏し目の魅力的な女性。

——わたしとは真逆だわ！

健康、食事を残さず食べる、子どもと遊ぶのが得意。これは、まったく色っぽくない特徴である。

胸だけは大きいけれど、それが体格と合っていないのかもしれない。童顔なせいで、アンバランスに見える可能性は否定できない。

——今夜は、少し大人っぽいナイトドレスを選ぶわ！　そうしたら、陛下も興が乗ってくださるかもしれないもの。

礼拝堂で祈りを捧げる間、ミュリエルはずっと即物的な悩みとその解決案に頭を使っていた。王妃としてどうなのかは、あまり考えたくない。

・・・・┃・・・・・・┃・・・・

医療院の視察を終え、馬車で王宮への道を戻る最中、ミュリエルはずっと丸い飾り窓の外を見ていた。

ウェイチェット王国の民は、皆働き者だ。畑仕事に精を出す者、行商の大きな荷物を背負って歩く者、馬を引いていく者、小さな子どもを背負って食料品の買い出しをする者。誰もが、その日の自分にできることをやっている。

王宮の中にいてもそうだ。人は誰しも、自分の仕事をこなすことで生きていく。

——大丈夫、わたしも王妃としての役目を……！

帰り道のミュリエルは、座席の横にひと抱えの箱を並べていた。視察中、侍女に頼んでナイ

トドレスを二着買ってきてもらった。まだ中身は見ていないが、買い物に行ってくれた侍女いわく、

「どんな男性も夢中になる代物だそうです」

とのこと。これは期待できる。

正門を馬車が通過すると、車輪が小さく跳ねた。ミュリエルは思わず箱を押さえる。中身が出てしまったら大変だ。大食い王妃どころか、色狂い王妃と噂されかねない。いや、そこまでの奇抜なナイトドレスかどうかはわからないのだが。

空模様があやしくなってきた。午後は雨が降るかもしれない。

「王妃さま、お荷物をお運びいたします」

「ありがとう。わたしの居室に運んでください」

「かしこまりました」

王宮へ戻ると、昼食をとっていないこともあり胃がきゅうと音を立てた。今からでも何か食べられるだろうか。そう思っていたところに、マリエ付きの侍女がやってくる。

「王妃さま、マリエさまが春の女神の中庭の四阿（あずまや）でお茶のご用意をしてお待ちでいらっしゃいます」

――そうだわ。今日はマリエさまとお茶をしましょうと話していたのだった。

空腹は、茶でごまかせるはず。ミュリエルは首肯して、そのまま中庭へ向かうことにした。

王宮には四つの中庭がある。それぞれに四季の名を冠した、趣向の異なる庭園だ。

もっとも広いのが夏の馬の中庭。王宮の南側にある広い敷地に、噴水や温室も構えている。

四方を建物に囲まれ、狭いながらも独創的な蔦植物ではなやぐのは秋の森の中庭で、バラ園と通路のみで構成されているのは冬の天使の中庭と呼ばれる。

今日のお茶会の場になっている春の女神の中庭は、一年中花が咲くように設計されていて、冬でもかわいらしい青い花が見られるらしい。ミュリエルは、まだ王宮で冬を迎えたことがない。これからいくつもの季節を、景色を、ここで愛しい人と見られるのだと思うと心があたたかくなった。

「ミュリエルさま」

やわらかな白灰色の大理石でできた四阿に、マリエの姿が見える。

「マリエさ、ま……ッ!?」

そこには、いるはずのない人物がさらにふたり、同席しているではないか。

ミュリエルは思わず駆け出しそうになるのを、早足に押し留めた。

「おねえさま、おひさしぶり！」

「おひさしぶりね、おねえさま！」

マリエと一緒に大理石の椅子に腰を下ろしているのは、ミュリエルの双子の妹たちである。

「あ、あの、マリエさま、これはどのような……」

「結婚前から、自由に動ける時間はなかったでしょう？　幼い妹さんたちがいるのなら、心配かと思って招待させていただきました」

表情ひとつ変えないけれど、マリエはとても愛情深い人物のようだ。

「ありがとうございます、マリエさま」

にこりともせずに、王妹殿下は瞬きひとつで相槌を打つ。なんと美しい人だろう。黒く濃いまつ毛の羽ばたきが、芸術に見えた。

なめらかに磨かれた大理石の椅子に腰を下ろす。夏の陽射しを避けた影の下、マリエは何を話すでもなくお茶を飲み、シェリルとクローイの髪を結い上げて遊んでいた。

双子はすっかりマリエになつき、ミュリエルは妹たちの無事を知り、とても幸せな時間を過ごすことができた。

――あら？　今日はどうしてお茶に誘ってくださったのかしら。シェリルとクローイを招待したから、誘ってくださったということ？

お茶会がお開きになると、ミュリエルはかすかに首を傾げる。

「ミュリエルさま」

「は、はいっ」

ぼんやり突っ立っていたところに、うしろから声をかけられ、びくっと肩を震わせた。

「これを」

振り返れば、先ほどまでのティーセットは片付けられ、別のワゴンが一台、こちらに向けられている。上の段には焼き菓子とクリームがたっぷり盛られ、下の段には銀盆に果物が並んでいた。

「あの、これは……？」

「ここ最近、食が細いようなので。都合のいいときに、食べたい分だけ召し上がってはどうでしょう」

「！　ありがとうございます……！」

相変わらず、マリエは人形のような美貌で表情らしきものはほとんどない。だが、その美しさの内側にとてもあたたかい心を持った女性なのだと確信する。

「それではわたしはこれで。また機会がありましたら」

そっけない挨拶でマリエが去っていくと、ミュリエルの侍女がワゴンを受け取った。

──なんてお優しい方かしら。わたし、家族に恵まれているのね。

双子の妹たちは、王宮の紋章入りの馬車に乗って帰っていった。手配をしてくれたのも、すべてマリエだ。

「王妃さま、こんなにたくさん召し上がるのは無理があります。お腹を壊してしまいますよ」

「そうね。せっかく新鮮な果実をいただいたからには、傷む前においしく食べないと！」

「え……」

困惑した侍女に、ミュリエルは肩をすくめて笑いかける。

「わたしひとりではなく、皆でいただきましょう?」

周囲にいた侍女たちが、ぱっと明るい表情になった。誰だって甘いものは好きだ。みんなで食べればいっそうおいしい。

——せっかくのマリエさまのご厚意ですもの。そうだわ。陛下にもお持ちしようかしら。陛下は甘いもの、お好きかしら?

寝台の下にお菓子を持ち込んだら、彼はどんな顔をするだろう。

想像するだけで、心がぽかぽかと温かくなった。

その後、侍女たちを集めてミュリエル一行は甘い焼き菓子と果汁たっぷりの果物を堪能したのだが——

歴史ある絵画のかかった晩餐室で、テーブルの上に並んだ料理を前にミュリエルは眉根を寄せる。

——夕食の前にあんなにクリームたっぷりの焼き菓子を食べるだなんて、暴挙だったわ……

今夜は、マリエは懇意にしている公爵邸に招待されているらしく、ジョシュアとふたりの食事だ。

「…………」

——それに、葡萄(ぶどう)と桃と林檎(りんご)と苺(いちご)も食べたわ。食事前におやつを食べるのはいけません、と子どものころから言われてきたのに。

「ミュリエル」

「は、はいっ！」

急に名前を呼ばれ、椅子の上で跳び上がりそうになる。

「今朝から気になっていたのだが、きみは体調が悪いのか？」

「そんなことありません。元気です」

「では、なぜ食事をしないんだ」

「……それには少し事情がありまして………」

王妃らしからぬ事情ゆえ、言葉に詰まった。

数秒黙り込んだジョシュアが、まさかと言いたげに片眉を吊(つ)り上げる。

「痩せたいのか？」

今度は、その言葉にミュリエルが言葉を失った。

——えっ、わたし、もしかして太っているの？　そういえば王宮に来てから、おいしい食事をいただいているから、ドレスの胸元がきつくなっている気がしていたけれど……

「わ、わたし、太っていますか⁉」

「いや、ほっそりしている。だから、無理に食事を抜いて痩せることはない」

「でも最近、胸元が少し……きつくて……」

「それは魅力的な体型というだけで、太っているわけではない！」

いつも穏やかなジョシュアが、珍しく大きな声で言い放つ。驚きに彼の顔を見つめると、バツが悪い様子でジョシュアが目をそらした。

「……すまない。きみの体はじゅうぶん女性的で美しいと思う。なので、その、ドレスのサイズが合わないのだとしたら、まだ成長期ということではないだろうか」

「そう、でしょうか。だったらいいのですが」

はあ、とひとつ息を吐く。言ってからあらためて感じるのは、今日のドレスもコルセットを締めすぎている事実だ。

――違うわ。コルセットを締めたままで、あんなに食べたから苦しいのよ。

自分の愚行に後悔し、ミュリエルはフォークとナイフを皿に置いて立ち上がる。

「申し訳ありません。今日はもう、お部屋に下がらせていただきます」

「ミュリエル」

いたたまれなくて、彼の呼ぶ声に背を向けた。急いで晩餐室を出ていこうとしたが、こういうときに限ってドレスの裾をつま先で踏みつけてしまう。

「きゃあっ」

「危ない！」

視界が大きく傾いた。両手でバランスを取ろうとしても、もう遅い。

最終的に目を閉じた直後、ミュリエルの体が力強い腕に抱き寄せられる。

「……え……？」

「私の妃は、ときどき妙に向こう見ずだ」

耳元で低く甘い声が響いた。

うなじがぞくりと震え、今さら膝から力が抜ける。

「あ、ありがとう、ございます……」

「やはり、今日は部屋に戻ったほうがいいようだ」

ジョシュアが腕の位置をずらし、背と膝裏に手を当てて軽々とミュリエルの体を抱き上げた。

こうしてかかえられるのは何度目になるだろう――

そのまま寝室へ連れていかれ、寝台に下ろされる。縁に腰掛けた格好だ。

結婚してからこちら、毎晩この部屋で眠っているのに寝台に座った位置から室内を見るのは初めてで、なんだか知らない場所のように感じる。

ジョシュアが足元に片膝をつき、ミュリエルの靴を脱がせてくれた。一国の王にこれほど尽くしてもらっているのに、自分は彼のために何ができるのか。

「あっ！」

――そうだわ、ナイトドレスを買ってきたのに！　それに、陛下にお持ちしようと思って、マリエさまからいただいたお菓子を寄せておいたのに……

着替えもせずに、寝室へ来てしまった。

コルセットをほどいてナイトドレスに着替えなければ眠ることはできない。いや、絶対にできないわけではないけれど、矯正下着をつけたまま寝台の下に横になったらいつもよりもっと眠れない気がする。

「どうかしたのか？」

「ドレスのままでは眠れないので、一度居室に戻って侍女たちに着替えをしてもらいます」

言うが早いか立ち上がろうとしたミュリエルの肩を、ジョシュアが片手でトンと押し戻した。

「陛下？」

「そのくらい、私が脱がせても構わない」

真顔で告げられ、思わず言葉を失う。

ドレスを脱がせるというのは、当然コルセットもはずすことになる。彼はわかっているのだろうか。女性がそんな格好を晒すのは、裸を見られるも同様だということを。

――だけど、下着とナイトドレスというのは形状としてあまり差がないのかもしれないわ。だからといって、堂々と下着姿になれるほどミュリエルの肝は据わっていない。

「陛下にそんなことさせられませんっ！」

両手で自分の体を抱きしめて、身を捩る。放っておいたら、今すぐにでも脱がせようとしそうだ。

　ここで何事もなくドレスを脱がされた場合、ひとりの女性として、彼の妻として、かなりつらいものがある。異性として見ていないと宣言されるも同義ではないか。

「体調が悪いときに恥じらう必要はない。早くドレスを緩めて、楽になったほうがいいだろう」

「よくありません！」

「体調がよくないのはわかっている」

「そ、そうじゃなくてっ」

「ミュリエル」

　大きな手が、ミュリエルの手首をつかんだ。

「駄々(だだ)をこねるものじゃない。私はきみの体が心配なんだ」

「っっ……！」

　水色の瞳でまっすぐに目を覗き込まれると、これ以上何を反論していいのかわからなくなる。彼の目は、ただミュリエルを心配していた。よこしまな気持ちなど微塵(みじん)もない。純粋に、妻の体を気遣ってくれているのが伝わってくる。

「……あまり、見ないでくださいますか？」

「ああ、わかった」

うなずいたジョシュアが、寝台に膝を乗せる。ぎしり、と小さく木の軋む音がした。

彼はミュリエルの背後に回り、背中のボタンを上からはずしていく。見慣れている大きな手が、自分のドレスを脱がせているのだと思うと、それだけで顔から火が出る思いだ。

——色気のあるナイトドレスを購入しておいて、いざドレスを脱がされるというだけでこんなに緊張するだなんて。わたしには、まだまだ修行が足りないわ……！

いったいどんな修行をすれば、好きな人に衣服を脱がされるのを耐えられるようになるのかはさておき、ミュリエルは両手で顔を覆う。

「この紐をほどいていいんだな？」

彼が握っているのは、コルセットの締め紐だろう。

何も言えず、黙って首肯する。

するりと結び目がほどけ、体を締めつけていたコルセットが緩む。

「おいで、あとは立ち上がらないと脱がせられない」

「はい……」

ジョシュアの手にうながされ、緩んだドレスのままでミュリエルは寝台から立ち上がった。

すでに靴は脱がされている。絹の靴下で触れる床は、いつもより硬い。

侍女たちに着替えさせてもらうとき、こんなふうに恥ずかしく思ったことはなかった。

貧乏貴族とはいえ、ミュリエルは侯爵家の娘だ。物心がついたころから、着替えも入浴も髪を乾かすのも、すべて侍女にしてもらうのが当然だったのに。

――膝が、震えてしまう。

つま先に力が入りすぎて、体のバランスを保てなくなりそうだと思った。それを見越していたかのように、ジョシュアはミュリエルを正面から抱きとめ、そっとドレスを床に落とした。

足元に布の波ができ、その上に彼が再度膝をつく。

「あ、あの、これ以上は……」

「いつも寝るときには、靴下を履いていない。そうだろう？」

靴下留めに手をかける彼は、至極まじめな顔をしていた。それがますますミュリエルの羞恥（しゅうち）を煽（あお）る。

指先が、肌に触れた。

「んっ……！」

くすぐったいとも、もどかしいとも違う、知らない感触。

ミュリエルは奥歯を噛みしめ、ぎゅっと唇を引き結ぶ。これ以上、おかしな声が漏れないようにしなければ、ジョシュアを困らせる。

「きみの肌は、どこもかしこもやわらかい」

「あ、あまりさわらないで……っ」

今にも消えそうな声で懇願するミュリエルに、彼が少しだけ意地悪な目で尋ねてくる。言葉はない。その瞳が問うていた。「どうして？」と。

「ミュリエル、きみは私の妻だ」

こくんと頷く（うなず）と、ジョシュアが満足そうにもう片方の靴下留めもはずした。それから、薄い靴下をしゅるりと引き抜く。

「私は、私の妻に触れる権利がある。きみが嫌がっていなければの話だが」

「いやがってなんていません！」

真っ赤な顔で、精いっぱいの気持ちを言葉にした。

この王宮へ来たのは、彼の添い寝係になるためではない。ミュリエルは王妃として――ジョシュアの妻としてここにいる。毎晩、寝台の下で抱きしめられて眠るのも幸せだ。それが不満だと言っているわけではない。

けれど、ひとりの女性として求められたい。愛されたい。

そう願ってしまう自分が、たしかにここにいるのだ。

下着姿で、ミュリエルは自分からジョシュアに抱きついた。

「いやがってなんか、いないです。わたしは……陛下のことが……」

――初めて会った日から、大好きなんです。

背に彼の手のひらがしっとりとあてがわれる。拒絶されていない。

「きみはまだ十七歳だ。急ぐことはない」

「でも、陛下の妻です」

「怖くはないのか？」

「……陛下に求めていただけないのが、怖いです」

生まれ育った屋敷の十倍以上もある絢爛豪華な王宮も、ミュリエルのためだけに壁紙を張り替えた居室も、何十枚もあつらえられたドレスも、手の込んだ食事も、すべてはジョシュアの王妃だから与えられるものだ。

「やはりきみはわかっていない」

——え？

彼の手が、最後の一枚を引き裂くように奪い取る。はらりと布が宙を舞い、素肌がジョシュアのフロックコートにこすれた。

「むっ……」

胸の先が、刺激にぎゅっと引き絞られるような感覚がある。

——いやだ。わたし、どうして……？

「もう一度だけ聞く。怖いだろう？」

先ほどと似て非なる質問だった。

実際に肌をさらして、怖くなったのならやめてもいいと、彼は言っている。

「つっ……、怖く、ない……っ」

──あなたの妻の顔をして、ほんとうの意味では妻ではない。その状況のほうが、ずっと怖いんです。

「だったら、妃として俺に愛されてみるがいい」

どさ、と音を立ててジョシュアが寝台に腰を下ろす。ミュリエルの細腰を引き寄せ、彼はこちらを見上げた。

「腕を下ろして」

「で、ですが」

両腕で胸元を覆っているのは、彼に知られるのが恥ずかしいから。

小柄な体のわりに、胸だけがよく育ってしまった。コルセットをしているときはさほどわからないだろうが、こうして脱いだら隠しようがない。

「俺の肩に両手を置くんだ。できるだろう、ミュリエル」

──陛下は、いつも『私』と言っていたのに、今は『俺』と言う。

これまで知らなかった彼の顔を見せてもらった。そう感じると、喉がきゅうっと狭まる気がした。

「……は、い」

言われるまま、両手をジョシュアの肩に載せた。形よく育った乳房が、支えを失って空中に弾む。

──見られてる。陛下に、この胸を……

「っ……は、なんて美しい体をしているんだ」

長い指が、双丘を裾野からやんわりと持ち上げた。指腹が乳房に埋まる。先端にはあえて触れないように、彼は指の付け根から先までじっくりと手全体でミュリエルの形をたしかめようとしていた。

「ん……っ……」

下唇を噛んで、はしたない声が出るのをこらえる。

──夫のなすがまま、抗うことなかれ……！

「ミュリエル」

「は……ぁ、っ……」

「顔をもっとこちらに。唇を俺に与えるんだ」

低く甘い声が鼓膜を濡らしていく。抗ってはいけない。彼が与えてくれるものを受け入れ、彼の望むものを差し出す。

「はい……」

おそるおそる顔を近づけると、彼の吐息が唇にかかった。

「ひ……っ、ん、んんっ」

唇が重なり合うのと同時に、胸の先端を指でつままれる。触れられているのは胸なのに、腰の奥に甘い疼きが生まれた。

――どうして？　脚の間、体の奥がせつない……？

ちゅ、ちゅく、と彼が角度を変えて何度も唇を合わせてくる。最初はジョシュアの唇のやわらかさに感じ入っていたが、舌先で唇を舐められてたまらず口を開く。

「ぁ……っ……あ、ああ」

声が漏れたのを契機に、彼の舌が口腔に割り込んできた。いつの間にか、輪郭をあらわにした胸の先をこりこりと転がされている。根元から円を描くように撫でられると、耳の後ろが引き攣る感覚に襲われた。

膝と膝をこすり合わせる。そうでもしないと、脚の付け根で疼く熱に立っていられなくなりそうだ。

「陛下、へい、か……っ」

「ジョシュアだ」

「ん、く……っ」

左右の胸の先を、指でつままれて引っ張られる。

「ひぁッ……！　や、引っ張るの、いや、いやぁ」

抗ってはいけないのに、つい抵抗の声が口をついた。

「ならば、俺の名を呼べ」

「っっ……、ジョシュア、さま……ッ」

涙のにじんだ視界で、彼が目を細める。これまで見たことのない、艶冶な笑みだ。胸元のボタンをくつろげたジョシュアが、舌を出して顔を寄せてくる。

ミュリエルは、キスの仕方も知らないままで同じように口を開けた。舌先を、かすかに伸ばす。それを貪る動きで彼が唇を重ねてきた。

「んぅぅ……ッ」

ぷっくりと充血した乳首を、指が捏ねてくる。自己主張を咎めるそぶりで、彼の指が屹立をきゅっと押し込む。

「んっ……く、ぁ、あう……ッ」

「逃げるな。もっと俺に体をあずけるんだ」

「ジョシュアさま、わたし……」

膝がガクガクと震え、立っていることもままならない。ミュリエルは、涙目で愛しい夫を見つめた。

「お願いです。立って、いられな……」

「素直でかわいいミュリエル。きみは心だけではなく、体も素直にできているのだな」

力の入らない体を、彼が抱きとめる。

そして――

「え、あ、っ……、どうして……⁉」

ミュリエルを抱いたまま、彼は寝台の下へ体を滑り込ませた。急に視界が暗くなり、冷たい床に肌が粟立つ。

「寝台の上では、きみを強引に奪ってしまうかもしれない。俺はまだ、きみを傷つけたくはない」

——傷つけたく、ない……？

狭い場所で、彼がミュリエルの上にのしかかってきた。腰に腰が押しつけられ、下腹部が圧迫される。ジョシュアは耳の下にキスをすると、そのまま首へと舌を這わせた。

「ひぃッ、ん、そこ……っ、あ、あっ」

「大きくてやわらかい。ミュリエルが隠したがっていた胸が、いやらしく先端を凝らせている。わかるか？」

「や……ッ」

仰向けになっても豊満な胸は形を保っている。その膨らみを舌でなぞり、ついにジョシュアが先端にたどり着いた。

——ああ、そんなところを舐めるだなんて。陛下は大人の男性なのに。

授乳のために女性が乳首を赤子に吸わせるのは知っている。だが、ジョシュアが舌先を躍らせると、ミュリエルの体はビクビクと大きく震えた。

「ぁあ、ア、ジョシュアさま、待って……！」

「誘ったのはきみだ。俺がどれほど毎晩、欲望と戦っていたか。純粋なきみにはわかるまい」

唾液をまぶしてねっとりと舐め上げ、彼は唇で乳首を扱きはじめる。

根元から先端までやわらかな唇で上下されると、ミュリエルはもう呼吸するだけで喉が焼けるような快感に襲われていた。

「っっ……ぃ、ああ、や、吸わないで、お願い、吸っちゃダメぇ……」

「こんなに屹立して、俺に愛されたいと懇願しているくせに」

「違う、違っ……、あ、あッ！」

きつく吸い上げられ、胸が痛いほどに敏感になっていく。反対の乳首を指であやされ、長い髪を乱してミュリエルは甘い声をあげた。

「やぁぁ、ぁ、へいか……っ」

「ジョシュアと呼ぶように言ったはずだ。体に覚えさせなくてはならないな」

彼がわずかな隙間で身をずらし、すべらかな腹部に顔を近づける。臍にちゅっとキスされると、腰が浮きそうになった。

——抗っちゃいけない。わかっているわ。だけどこんな、はしたないことを……

太腿を押し広げられ、ミュリエルはどうしていいかうろたえる。下腹部を覆っていたはずの下着が抜き取られていた。彼の赤い舌がひらめく。鼠径部を伝って、誰にも触れられたことのない場所へ――

「ッ、ひァッ……！」

脚の間に顔を埋め、秘めた亀裂にジョシュアがキスをする。

自分でも知らない何かを、彼の唇が吸い上げた。

「ッあ、んんっ、んーッ！」

ちゅぽんと音を立てて唇が離れる。また吸い付かれる。引っ張られて、舌でつつかれて、脚の間が彼の唾液とは異なるもので濡れていくのを感じた。

――いや、そんなところ舐めないで。陛下の唇が汚れてしまう。

けれど、何度も何度も吸い上げられ、ミュリエルの小さな花芽はぷっくりと膨らんできている。包皮から顔を出した敏感な粒を、ジョシュアは舌でぐるりとなぞった。

「あっ、あ、あ、あっ、やぁぁ……ッ」

硬い床の上で、腰が何度も跳ね上がる。

「は……、中から蜜があふれてきている……」

「み、つ……？」

「そうだ。ミュリエルの体が俺を受け入れようとしている証だ」

彼が、柔肉を指で左右に押し開く。すると、とろりと温かな液体が臀部(でんぶ)にしたたっていくのがわかった。

るだろう?」

「怖がらなくていい。今夜はきみを奪わない。だが、このかわいらしい口にもキスさせてくれるだろう?」

ジョシュアが望んでくれるのならば。

──なんだって、差し出すの。だってわたしは、陛下の妃なんですもの。あなたに愛してもらうためだけに、ここにいる……

「ジョシュアさまの、お心のままに……」

「かわいいよ、ミュリエル」

唾液に濡れた舌が、蜜のあふれた亀裂にめり込む。舌先が何かを探り、唐突に体の内側へ入り込んできた。

「ひ、う……ッ」

にゅぽ、にゅぽっと聞いたことのない音がミュリエルの鼓膜を震わせる。蜜口に舌が挿入され、浅瀬を何度も舐めすする。ぞわり、と腰から背骨を這い上がる快感に、彼の顔を挟み込んだ太腿が痙攣した。

「きみの体はどこもかしこも甘いな」

ジョシュアが舌を埋め込んだまま声を発すると、吐息が淫花を刺激する。

彼は舌でミュリエルを狂わせながら、両手を胸元に伸ばしてきた。まだ先ほどの愛撫に凝っている乳首を、左右同時に指でなぶる。

「ひっ、ァ、あっ、ああ、ァあ、あ、あ！」

深く舌を差し込まれ、胸の先を転がされ、呼吸さえもままならない。奥を舌で抉られると、腰が内側から融けてしまいそうだった。

「やァ……っ……、何、これ……っ」

「ん、このまま、もっと感じるがいい」

「ううッ、ん、ぁ、ああ、ジョシュアさま、ヤぁ……っ、おかしく、なっ……」

「もっとだ、ミュリエル」

舌の動きが速度を増し、感じきった胸をきゅっと強くつままれる。

――おかしくなる。おかしくなっちゃう。こんな気持ちいいだなんて、わたし、知らなかった……！

彼の舌を咥えこんだ蜜口が、きゅうぅ、と引き絞られた。

「ひぅ……んっ！」

全身が見えない糸で拘束されたように、ぴんと突っ張る。次の瞬間、ミュリエルはまぶたの裏側で白い星がいくつも爆ぜるのを見た。

「は……ぁ、はぁ……あ、あ……」

腰から下が重く甘い。これが、夫婦の営みなのだろうか。

「達したようだな」

「たっ……する……？」

「そうだ。俺に触れられて、快楽の果てまでたどり着いたのだろう？」

──これが、快楽の果て。

「あの、今のは……は、ぁ、はあ、っ」

何も言わなくていい、と彼がミュリエルを抱き寄せた。

「きみは、ずいぶん無理をしていたのではないだろうか」

ひとりごとにも似た彼の言葉に、その意図を探る。

ジョシュアは続けて言葉を紡いだ。

「本来、きみのような華奢(きゃしゃ)で可憐な女性が寝台の下で眠るというのは無理がある」

「そっ……んなこと、ありません。最近は慣れてきました。背中だって硬くなってくるはずです……」

「ならなくていい。俺はきみのやわらかな体を愛しいと思っている」

愛情をかけてくれる彼に感謝と同時に寂しさを覚えた。もう一緒に寝台の下で過ごしてくれないのではないかという不安によるものだ。

寝台とは、寝具を用いて寝るための場所である。

やわらかな上掛け、心地よい枕、そして体を休めるためのマットレス。

――だけど、陛下は寝台の上ではなく寝台の下で眠るのを常としているのですもの。わたしは、妻としてジョシュアさまと同じ場所で一緒に眠りたいわ。

「ミュリエルはまだ成長期だろう。こんな場所で寝ていては、骨格に悪影響が出るかもしれない」

「待ってください。わたし、もっとがんばれます！」

やっと呼吸が整ってきて、ミュリエルは愛しい国王をじっと見つめる。

暗がりの中、彼もまたこちらに目を向けていた。ふたりの視線が絡まり、互いの瞳に相手を映し出している。

ジョシュアは何も言わない。水色の瞳は、薄闇で灰色に近い色みを帯びていた。

「わ、わたし、ジョシュアさまの妻として失格ですか……？」

「そんなことは言っていない」

優しい手が、ミュリエルの頭をそっと撫でてくれる。

添い寝するだけではなく、唇を重ね、誰にも触れられたことのない場所を明かした。それなのに、まだ自分が彼の王妃として認めてもらえていない気がするのはなぜだろう。

――これはわたしのわがままなのかしら。だけど、やっぱり諦められないの。わたし、どうしてもジョシュアさまと一緒に……

「おそばにいたいんです。だから寝台の下で眠ります。熟睡できるよう、体を鍛えます！」

「ミュリエル、私がきみに求婚したのはたしかに寝台の下にいる姿を見たのがきっかけだ。だが、それがすべてということでもない」

彼の一人称が『私』に戻っている。

冷静さを取り戻し、大人としてミュリエルを諭している。先ほどまでの情熱的な行為は、もう終わったのだと暗に告げていた。

「……一緒に寝台の下で眠れなくてもですか？」

「当たり前のことを聞くな。何かができるからきみが王妃になったわけではない」

——では、なぜですか？

知りたいと思う反面、都合がよかったと言われるのが怖くてミュリエルはその質問を呑み込んだ。

「おいで。今夜は寝台で眠るといい」

「い、いやです。わたし、ここで寝ます」

「さすがに裸で寝るのは風邪をひく」

「っっ……！」

自分が子どもっぽい意地を張っているのは、ミュリエルだって知っている。

それでも、そばにいたい。

「わかった。では今夜は俺も一緒に寝台で寝よう」

「え……？」

想像もしなかった言葉に、ミュリエルは当惑する。

「きみになら、寝首をかかれても構わない。その意味を、わかってくれるだろうか」

ふ、と寂しげな笑みを浮かべてジョシュアがミュリエルの目を覗き込んできた。

もう一度キスしたい、と思う。

もう一度、そして何度でも。

「わたし、大事なジョシュアさまの寝首をかくだなんて、そんなことしません！」

「ああ。そうだな。きみはそんなことをしない。わかっているよ」

その夜、ふたりは初めて寝台の上で一緒に横たわった。

ミュリエルが眠るまでジョシュアは起きていたし、ミュリエルが起きるより先にジョシュアは目覚めていた。

もしかしたら、彼は一睡もできなかったのかもしれない。

――やっぱり、わたしがジョシュアさまの生活に合わせられるようになりたいわ。だってここは、彼の生まれ育った王宮ですもの。

新米花嫁は、年上の夫がどんな気持ちで『寝首をかかれても構わない』と言ったのか、まだわかっていない。

第二章　近づいて、触れて

「は？　そんなこと言ったのか？」

「ああ、そうだ」

ジョシュアは、鷹揚(おうよう)にうなずく。

王宮の歴史ある武器を飾った英霊の間で、王は古くからの友人であるキース・ハードリーと立ち話をしていた。

キースはラカンダム公爵の次男である。彼とジョシュアの曾祖父(そうそふ)は三代前のウェイチェット王、つまりふたりは再従兄弟(はとこ)にあたる。

二歳上のキースは、幼いころからジョシュアの遊び相手として王宮に出入りを許されていた。王にとっては数少ない心を許せる友人である。そして、ジョシュアが寝台の下で寝ていることを知る人物だ。

「あのなあ、新妻相手に『きみに寝首をかかれてもいい』だなんて、まったくロマンチックじゃないぞ……」

右手をひたいにあて、キースは大きなため息をつく。

この青年は、貴族の出だというのにまったくらしくない。庶民のような服装に、遊び人のような風貌、国王相手にも平然と敬語を忘れる。

だが、ジョシュアの唯一無二の友人だ。

王がキースを政治に関与させない限り、上層部も文句は言わない。それを知っているから、ジョシュアもキースもただの友人でいつづけている。

常につかみどころのない人生を歩んでいるキースだが、過去に一度だけ激昂(げっこう)したことがあった。

マリエをザイツァント王国に嫁がせると決めたときである。白い結婚を約束した、政略結婚だった。いずれマリエは帰国し、国内で彼女の望む相手と再婚できる手筈(てはず)だったのだが、それでもキースはジョシュアをひどく罵った。

彼が妹を愛していると知り、離縁してきたマリエにキースとの結婚を打診したが、妹は「嫌です」と言葉少なに返答したのみだった。

男女の仲は他人にはわからないことだらけである。

「俺にとっては、最大限の信頼を伝えたつもりだったのだが」

「いいか、ジョシュア。妻に与えるべきは信頼よりも愛情だ！　たったひとりで王宮に嫁いできたミュリエルちゃんを安心させるためには『寝首をかかれてもいい』じゃなく、愛の言葉だ、告白だ」

キースの言わんとすることはわかっている。

ジョシュアとて、彼女を愛しいと思う気持ちは持っているのだ。

だが、自分は妹を十六歳で嫁がせるときに白い結婚であることを絶対に譲らなかった。政略結婚だからこその約定ではあるが、あのときのマリエと一歳しか違わないミュリエルに対し、罪悪感を持っているのも事実である。

「愛を語るには、俺は表情に問題があるだろう？」

ジョシュアは自分なりにかなり言葉を選んだつもりだった。

気難しい顔立ちをしている自覚はある。目が笑っていない、無表情で無感情、子どものころからかわいげがないと言われて育った。そんな自分がミュリエルに愛を語るのは、彼女を怖がらせはしないだろうか。

「……ジョシュア、おまえはまず鏡を見てこい」

「毎朝見ている」

「そうじゃなくてだな。陛下はじゅうぶんに男前でいらっしゃいますよって意味だよ」

ため息をつくキースが、やれやれとばかりに肩をすくめた。

「ミュリエルは、とてもいい子だ。顔の皮一枚で、人を判断したりする人ではないからな」

「お？　のろけか？」

「あれほど健気で純粋で素直な少女を俺はほかに知らない」

「ふむ」

腕組みをし、壁に背をつけたキースは黙ってこちらを見つめている。

「俺は、彼女が幸せでいてくれればいい」

「……うん？」

「寝台の下で一緒に眠ってくれる妻がいるというだけで、俺はじゅうぶん幸福だ。これ以上を望むのは贅沢というもの」

「っちょ、おい、待て待て待て。ジョシュア、おまえ、今なんて言った？」

突然、友人が声を荒らげた。ジョシュアは顎に手を添え、自分の言葉を脳内で一度繰り返す。

それからもう一度声に出した。

「寝台の下で一緒に眠ってくれる」

「そこ！」

びし、とキースが人差し指を突きつけてくる。

「結婚するっていうから、あの悪癖も改善されたのかと思っていたよ。信じたくはないけど、おまえ、かわいい新妻を寝台の下で眠らせてるんだな？」

「そうだ。そもそも、彼女が寝台の下で寝ている姿を見て求婚した」

「はあ？　この世には、そんな奇妙なことをする人間がジョシュア以外にもいたのか……？」

たしかにキースの言うとおり、ジョシュアも寝台の下で眠る人物は自分以外知らなかった。ミュリエルは普段からそうしているわけではなく、あのとき偶然妹たちと遊んでいて寝台の下にいた。それだけだ。

——だが、俺は勝手に彼女に興味を持ってしまった。断れないと知っていて、求婚したのだ。

「でも、寝台で寝ることにしたんだろ？」

「ああ、いや、だが彼女は寝台の下で眠れるようになりたいと言っている」

「……ミュリエルちゃんはおかしい子なのか？」

「俺の妻を愚弄する気なら、決闘を受けるぞ」

薄茶色の巻き毛を揺らし、キースが肩を震わせて笑っている。決闘だと言っているのに、なぜ笑い出すのか。ジョシュアには、この年上の幼なじみがときどきわからない。

「気の合う王妃と出会えてよかったな、ジョシュア」

「そのとおりだ。禍福は糾える縄の如しと言う。この幸せが禍となる日が来ても、彼女にだけは幸福なままでいてもらえるよう尽力しようと思っている」

そのために、まずは第一案。

すでに準備は整っている。今夜、ミュリエルが寝室へ来るのが楽しみだ。

ふと目線を上げると、キースはひどく怪訝な表情でこちらを凝視していた。

「どうした、キース」

「いや、なんというか……おまえでもそういう顔をするんだなと思って……」

──そういう顔とは？

ジョシュアは自身の頬に手を当ててみる。表情までは指先から読み取れない。

「まあ、俺も今度ミュリエルちゃんに会わせてよ。陛下の無二の親友ですって自己紹介するからさ」

「彼女を心配させることはしたくない」

「おい、それだと俺が友人じゃ危ないって意味になるぞ⁉」

「そのとおりだ」

つきあいの長いふたりは、互いの肩を小突き合って部屋を出た。

国王という立場柄、友人と気兼ねなく話すにも人目を気にしなければいけない。なかなか厄介なものだ。

・・・・・・─・・・・・・・・・─・・・・・・

──ああ、わたしったら、わたしったら……！

王妃は煩悶(はんもん)していた。

朝食をしっかりいただき、午前の公務を終え、昼食ももちろんたっぷりと胃におさめたあと、居室の長椅子で先ほどからひとりで百面相を繰り返している。

それというのも、先日のジョシュアとの夜の触れ合いが『至っていなかった』と知ってしまったせいだ。

ついに初夜を迎えた気持ちでいた。具体的な行為の内容を知らされていなかったのもあって、もう自分はジョシュアのほんとうの意味での妻だと思い込んでいた。

ところが。

今朝、医官の定期健診があった。

「王妃さま、お加減はいかがですか？」

知的な女性医官は、ミュリエルが王宮に通うようになった一年前から診察をしてくれている。もともとは、国王の妻として健康面で問題がないかを診断してくれた医官だ。

「はい、毎日健やかに過ごしています」

「それはよろしゅうございました。ですが、少々お顔の色が冴えませんね。睡眠はしっかりとれていますか？」

顔色が悪いと言われたミュリエルは、そこでぽっと頬を赤らめる。両手で頬を挟み、周囲を確認する。医官との面談は、人払いをした部屋で行われていた。

「実は、ついに陛下と……」

「ああ、おめでとうございます」

女性医官はジョシュアと同じ、あるいはもう少し年上だろうか。冷静で沈着、滅多なことには動じない。

「それでは、陰部に痛みなどはいかがですか？　初めてのときは人によってはたいそう痛むものでございますので」

「痛み……？」

彼はとても優しかった。紳士的だった。気持ちのいいことばかりだったのに、いったいどう痛むのだろう。ミュリエルは無垢な表情のまま首を傾げた。

「陛下のご性器が挿入される際に、痛みはありませんでしたか？」

「ご、ご、ご……」

——ご性器⁉

ぽっ、なんてものではなく、カッと顔から火が出るかと思った。

「あ、あの、医官さま、陛下のそれというのは、その……」

たしかに健康学で、男女の性器が異なるというのは学んできている。そうか、性器というのは性に関係するからこそ性器なのか。

——そういう意味では、わたしの性器に対するアプローチはあったけれど、陛下のそれについては何もしていらっしゃらなかったような気がするわ。

「王妃さま、王宮での学習内容に閨事についての項目もおありだったかと思いますが、きちんとお勉強はなさいましたか？」

「はい、心得を学びました」

「……心得、ですか」

医官がわかりやすくため息をつき、軽くひたいに手を当てる。何かよろしくないことを言ったかもしれない。

「概念ではわからないのも当然かと思います。今からわたくしが男女の閨事について——いえ、生殖について少しご説明させていただきます。それを聞いた上で、王妃さまは事が至ったかどうか、ご確認をくださいませ」

「よろしくお願いいたします！」

そして、ミュリエルが理解したのは、ふたりは未だ『至っていない』ということである。

「あああああ、至って、至っていなかったのに！　わたしったらもう済んだつもりに……！」

長椅子の上に横座りで突っ伏し、ミュリエルはクッションに顔を埋めた。

——やっぱりナイトドレスが必要だったのだわ。ジョシュアさまに、最後までいたしていただくためには、色香が絶対的に足りていないのね、わたし！

医官の説明によると、ジョシュアがしてくれたことはいわゆる前戯というもので、女性を満足させてそこから男性との交合につながる。簡単に言って、前準備のようなものだという。

前準備だけで終わらせてしまった。

あの続きをしてもらうためには、どうすればいいのだろう。

――もう一度、わたしのほうからお願いをするよりないとわかっている。わかっているわ。

頭ではわかっていても、いざ夜になると口に出せない。ミュリエルは己の不甲斐なさにがっくりと気落ちしていた。

コンコン、と控えめなノックの音がする。

「はい」

「王妃さま、騎士団副団長さまがお目通りをご所望でいらっしゃいますがいかがされますか？」

「騎士団の、副団長さま？」

たしか、ラカンダム公爵の次男が副団長を務めている。次期団長との呼び名も高い青年だ。会ったことはないけれど、王室にまつわる関係者はミュリエルの頭の中にしっかり入っていた。

「わかりました。すぐに伺います」

長椅子から立ち上がると、ミュリエルはドレスの裾を軽く払う。

自分がこの王宮に暮らしているのは、ジョシュアの妃だからだ。王妃が務めを怠ることは、王の汚名にもつながる。賢王には賢妃あり。残念ながら、ミュリエルは特別賢いわけではないけれど、努力をすることはできるはずだ。

――けれど、騎士団の方がわたしにいったいどのようなご用件かしら？

ミュリエルは廊下につながる扉を開け、待っていた侍女とともに応接の間へ向かった。

・・・・・|・・・・・・・・・|・・・・・

応接の間は、王宮の二階中央に位置する。王に見えるための謁見の間と違い、王族やその他の重臣が、来訪者と会うために使用する部屋だ。

大きなアーチ型の窓から光が射し込み、東洋から取り寄せた精緻な織目の絨毯に織り込まれた金糸が輝いている。その上に置かれた重厚感のある丸いテーブルに、天井のシャンデリアの影が落ちていた。

先に部屋に来ていた副団長と思しき青年が、軽く頭を下げてミュリエルが声をかけるのを待っている。

「お待たせいたしました。ミュリエル・ウェイチェット・プリムローズでございます」

テーブルの四方に、ひとり掛けソファが四脚配置されていた。そのうち一脚は、女性用のドレスの腰部分をつぶさない作りのものだ。

長身の茶色い髪がふわりと揺れる。副団長が顔を上げ、美しい角度で一礼した。

「お初にお目にかかります。王立騎士団副団長キース・ハードリーと申します。本日は突然のお願いにもかかわらず、お時間を割いてくださりまことにありがとうございます、王妃殿下」

三十とも二十とも見える年齢不詳の茶色い巻き毛の青年が、愛嬌(あいきょう)たっぷりに微笑む。瞳の色は胡桃(くるみ)色で、柔和な雰囲気があった。ミュリエルの想像する騎士は、もっと筋骨隆々としたタイプだったので少々あっけにとられる。

先に椅子に腰を下ろすと、ミュリエルは彼に座るよう伝える。それを待ってキースが席についた。

「あらためまして、ご成婚おめでとうございます。おそれながら私は陛下の幼なじみでもございます。年齢が近いもので、幼少期より王宮に出入りを許されておりました」

「まあ！　そうなのですね」

ジョシュアに友人がいないと考えていたわけではないのだが、王という立場柄、孤高の人だと思っていたふしがある。だが、彼にも友はいるのだ。それも幼いころからのつきあいというのだから、このキースという人物は、ジョシュアのことをいろいろと知っているに違いない。

――ジョシュアさまの幼いころのお話を聞かせていただきたいけれど、職務でいらっしゃったんですもの。余計な話をする時間はないかしら。

「本日お伺いいたしましたのは、秋の収穫祭での王妃殿下の警護に関する一件です。収穫祭でのお役目についてはすでにご存じでしょうか？」

「はい。豊穣(ほうじょう)の女神への祈りを捧げると」

「さようでございます。よくお勉強していらっしゃいますね、王妃殿下」

すでに王宮の重臣たちの会議を通った警備計画書を取り出し、キースがテーブルの上に広げる。

王宮内で、ミュリエルは自由に歩き回ることが許されている。宝物庫や武器庫など、申請をしなければ入れない場所はたしかにあるが、それ以外は好きに過ごす権利があった。

だが、同時に王宮の敷地から一歩外に出れば、ミュリエルには一切の自由がなくなる。

最初のころはその意味を理解していなかったが、視察や公務で外出したときに、ちょっと商店に寄って買い物をするのは不可能だ。侍女に行ってもらうか、見かけた品をあとで注文するくらいしかできない。

――王宮の中で自由に過ごせるのは、警備が万全だということ。騎士団の皆さんのおかげで、わたしは快適に暮らすことができるのね。

警備計画の説明が終わると、いくつかの質問に回答を得て、ミュリエルはキースにお礼を述べた。

「ほんとうにありがとうございます。皆さんのおかげで、安心して収穫祭にも参加できます」

「ありがたきお言葉、恐縮です。ですが、収穫祭にも、というのは?」

キースの疑問に、ミュリエルは感謝の笑みを浮かべる。

「常日頃、わたしが王宮内で自由に生活できるのも騎士団の皆さんのおかげですもの。王宮内の安全が保たれているのは皆さんのお力あってのことです」

ミュリエルは、この王宮内でいちばんの新参者だ。

それまで貧乏貴族の娘だったからこそ、自由は当たり前だと思って生きてきた。しかし、そうではない。王宮という不可侵の領域を守るのは、暗黙の了解ではなく人の尽力なのだ。早朝でも深夜でも、騎士たちの交代制勤務によって王宮が、王族が、ひいてはこの国が守られている。

そのことを必死に説明すると、キースは神妙な顔で最後まで聞いてから、

「いやー、ミュリエルちゃんはいい王妃さまだね」

と、突然別人のように笑い出した。

――ミュリエルちゃん……？？？

「ごめんごめん、いつもジョシュアからかわいい王妃の話を聞いていたから、勝手に親近感を持っていてさ。あ、失礼だった？　いやならもっとかしこまった騎士モードで接するんだけど」

「いえ、あの、ちょっと驚いただけです。自然に話していただいたほうが、わたしも嬉しいです」

「ほんと？　ありがとう。俺、こんな調子だから最近だとジョシュアも話すとき完全に人払い

するんだ。人前だとすぐに周囲のえらい人から叱られちゃうからなあ」

先ほどまでは、背筋の伸びた姿勢のいい騎士という印象だったが、キースがソファの上にだらしなく背をあずけて座り直す。長い脚を投げ出した彼の姿は、人によっては苦言を呈するものだろう。

――でもこの感じなら、ジョシュアさまの幼少期の話も聞かせていただけるかも！

ミュリエルも思わず身を乗り出した。

「大丈夫です！　ここも人払いしてありますので！」

「えっ、俺と会うのに人払いなんかしたらジョシュアに嫉妬されちゃうんじゃない？」

「えっ……」

「ダメだよ、ミュリエルちゃん。もう人妻なんだから、警戒しないと！」

なるほど、言われてみればそうなのだろう。

「ほんとうですね、気をつけま――」

「そこはツッコミのポイント！　警備計画は極秘事項だから人払いをしてって頼んだの、俺の

ほうだからね？」

――そういえばそうだったわ！

だとすると、人払いをすべきだったのか、すべきではなかったのか。ミュリエルは混乱して

頭を抱える。

「うう……わたしには正解がちょっとわからないのですが、この場合どうすればよかったのでしょうか……」

「素直でよろしい。ジョシュアがかわいがるのも当然だなあ」

「ほ、ほんとうですか⁉」

王は大切にしてくれている。それはミュリエルにもよくわかっている。

だが、かわいがられているかどうかというのはまた別だ。

――かわいがってくださるというか、女性として見ていただきたいわ……！

最後までいたすのを目標にしたい。しかし、その前に二度目すら音沙汰がないのだ。

「ところで新婚生活には困ってない？　あいつ、独特だからさ。なんていうのかな、寝方？」

不夜王と呼ばれるジョシュアの、寝台で眠る姿は誰も知らない。

ミュリエルは寝台の下で眠っているのを知っているが、侍女たちはそれも知らないのだという。

――でも一度だけ、寝台の上で一緒に寝てくださったわ。

思い出すだけで、心があたたかくなる。彼にとって、寝台の上で眠ることはよほどの覚悟が必要だったようだ。寝首をかかれてもいい、とまで言ってくれた。

意味はわからずとも、何かしらの覚悟を決めていることだけは伝わっている。

「あの、キースさまはご存じなのですか？」

「ん？　きみも秘密の共有者だよね。あとはマリエも知っているよ」

「そうだったのですね」

「とはいえ、そうそう言えたものではないよね。一国の王が寝台の下で眠っているだなんて」

「はい、知られてしまったら危険かもしれません」

「あ、そういう意味」

──ほかに何か意味が？

きょとんとしてキースを見つめるミュリエルに、彼が「いいんだよ」と何かを諦めた様子で笑いかけてきた。

「ミュリエルちゃんはそのままでいよう。うん、そのほうがジョシュアも幸せだろうからね」

「は、はい……？」

騎士は椅子から立ち上がり、ふっとまじめな表情になる。

「俺の親友をよろしく頼むよ」

「はい、それはもう！」

「かわいい世継ぎを産んで、あの孤独な不夜王に家族を教えてやってくれ」

言い終えると、キースは一礼した。

──家族は、ジョシュアさまにもいらっしゃるのに？　それとは別に、何か家族を知る必要があるの……？

孤独な不夜王。

その言葉は、ミュリエルの心に小さな棘(とげ)を残した。

……――……――……


王宮に夜が訪れ、ミュリエルは鏡の前で自分の姿を確認する。

――ほんとうにこれで大丈夫かしら?

先日、街で侍女に買ってきてもらったナイトドレスを着用したものの、予想以上のデザインに当惑していた。

細い肩紐(かたひも)は胸のボリュームを懸命に支えている。デコルテと肩が完全に露出したデザインで、上半身を覆う部分は大半がレース素材だ。左右の胸の先端を刺繍(ししゅう)が隠してはいるものの、乳房の形まではっきり見えてしまう。腰の高い位置で切り替えられたスカート部分は丈が長くふわりと広がるデザインになっていた。

「……胸が、ちょっときついかも」

薄い肩と細い二の腕に比べて、胸だけが肉感的な体。

――もう少し小さかったらよかったのに。

鏡の前、ミュリエルは両手で乳房を軽く押しつぶしてみる。そう、このくらいのサイズなら、この可憐で色っぽいナイトドレスにぴったりだ。

「王妃さま、ご用意はよろしゅうございますか？」

「はっ、はい、もちろんっ」

衝立の向こうで待つ侍女から声をかけられ、ビクッと体を震わせる。さすがにこの格好で廊下を歩いていくのは問題だ。ミュリエルは急いでガウンに袖を通す。

「それでは参りましょうか」

なるべく優雅に、落ち着いた声で侍女に話しかけると、寝室への付き添いを務める侍女たちがそれぞれ手燭を持ってミュリエルとともに廊下へ出た。

——ジョシュアさまに気に入っていただけるといいのだけど……

世継ぎを産むのは王妃の役目だ。キースに言われずとも、ミュリエルにもわかっている。けれど、国のために国母となるだけではなく彼のために家族を作るという感覚は、今まであまり持ち合わせていなかった。

——たしかにジョシュアさまのご両親は、早くに亡くなっているわ。たったひとりの妹のマリエさまとも、五年間も離れていらっしゃったのですもの。家族を求める気持ちがおありなのかもしれない。

いつもの手順で寝室に入ると、ミュリエルはガウンの前合わせをぎゅっと両手でつかんだまま、ジョシュアを見上げた。

「待っていたぞ、ミュリエル」

いつ見ても、美しい青年である。

黒髪は水に濡れたように艶やかで、鼻筋が通った顔立ちは左右対称に見事な配置をされている。水色の瞳を、最初は怜悧に感じた。けれど、今は少し違う。彼の優しさが、慈愛の深さが、その瞳の奥にしっかりと感じられるのだ。

「お待たせして申し訳ありません」

「今夜はきみに見せたいものがある」

「見せたいもの、ですか？」

奇遇だ。ミュリエルも、彼に見てもらいたいものがある。

ナイトドレスのことはまだ知らせないよう、ガウンの胸元を押さえたままで彼に近づいた。

「寝台の下できみが快適に眠れるよう、敷物を用意してもらった」

「えっ！」

彼の言葉に、ぱっと寝台の下を覗き込む。そこには毛足の長い絨毯が敷いてあるではないか。

「ほんとうならば無理をしてもらいたくはない。だが、ミュリエルが私と一緒に寝台の下で寝ようと思ってくれる気持ちも嬉しいからな」

かすかに照れた表情で、ジョシュアが胸の前に腕組みをしている。

——わたしのために、考えてくださるだなんて！

「ジョシュアさま！」

喜びの気持ちから、ミュリエルは思わず彼の体に抱きついていた。

「嬉しいです。わたし、まだまだ至らない王妃なのに、こんなに優しくしていただいていいんでしょうか？」

「何が至らないものか。ミュリエルは立派な妃だ。きみを気遣うのは私の権利だろう？」

「ふふ、うふふ」

幸せで胸がいっぱいになり、彼のたくましい体にぎゅっとしがみつく。ガウンの合わせが開いているのも気にならなかった。

「あ、そういえば、今日はキースさまと会いました！」

顔を上げて報告すると、彼は突如眉根を寄せる。何か悪いことを言っただろうか。

「キース？　なぜきみがキースと？」

「え、あ、あの、収穫祭の警備計画についてご説明してくださったんです」

「そうか……」

目を伏せるジョシュアが、何かを考え込んで数秒。彼は両腕でミュリエルを抱き上げて、寝台の上に下ろした。

——せっかく絨毯を用意してくださったのに、寝台の上？

驚いたミュリエルが、反射的に体を起こそうとする。それをジョシュアが組み敷いた。

「ジョシュアさま……っ」

「それで、我が妃が扇情的な寝間着を着用していることと、あの不良騎士との面会には何か関連があるのか？」

水色の瞳が、いつもとは違う炎を宿している。

——まるで、嫉妬されているような……？

そう思ってから、ミュリエルは自分の考えに驚いた。

まさか、彼の古くからの友人と自分の間に何かあるわけがない。それに、騎士団の副団長と警備計画について話し合っていたからといって、その程度でジョシュアが嫉妬なんてするはずがないではないか。

「ジョシュアさまと昔から仲良くしていらっしゃると、聞きました」

「……」

「寝台の下で眠っていらっしゃることも、キースさまはご存じだったんですね」

「…………」

「あの……それで、えっと……」

これまで、彼はいつだって話しかければ返事をくれた。

たしかに言葉の多いほうではない。どちらかというと寡黙で、穏やかな王だ。しかしこんなふうに押し黙って、何かを探るような目をされるとミュリエルもどうしていいかわからなくなる。

——あっ！　もしかしたら、人払いをしたのがよくなかったのかしら？

そもそもキースと面会していたことも知らなかったのに、人払いをしていたことだけ知っているとも考えにくい。

『俺と会うのに人払いなんかしたらジョシュアに嫉妬されちゃうんじゃない？』

けれど、キースの言葉もあってもしかして、と思う。

なんら後ろめたいことはないけれど、新婚の夫に懸念を抱かせる時点で妻としてよろしくない。

ミュリエルは、右手を伸ばしてジョシュアのすべらかな頬に触れた。

「ナイトドレスは、医療院の視察に行った日、侍女に頼んで買ってきてもらったんです」

「そう、なのか？」

「はい。王宮でご用意くださったものは、もっと清楚（せいそ）なデザインですから」

彼に——ジョシュアに自分を欲してもらうために購入したナイトドレスだと、暗に告げる。

聡（さと）い彼ならば、わからないはずがなかった。

このナイトドレスが、キースと無関係であるということも。

「ですので、ジョシュアさまに見ていただきたくて着てきたんです。あの、こういうものはお好みでないということでしたら……きゃっ」

言い終えるよりも先に、彼がミュリエルの胸元に軽くキスを落とした。

「ミュリエルが俺に見せるために着てきてくれた。それが嬉しい。だが困った」

「……困りますか？」

「ああ。脱がせるのがもったいないほどに美しい」

「寝台の――下でなくともいいのでしょうか？」

かすかに首を傾げると、彼が前髪をかき上げて自嘲的な笑みを見せる。その姿が、いつもより美しく、それでいてひどく淫靡に映った。

「薄闇ではきみの姿態が見られない。俺に見てもらいたくて着てくれたのだろう？」

「っ……は、い……」

一瞬息を呑み、ミュリエルはかすれた声でうなずいた。

組み敷かれた体は、軽く手首をつかまれているだけだ。逃げようと思えば逃げられるほどの緩い拘束。寝台の上は、扉を開けられた鳥籠のようだった。

「だったら、すべて見せてもらおう。俺のための、夜の花嫁衣装を」

「ぁ……、あ、ジョシュアさま……っ」

たっぷりと重みのある乳房を、彼が裾野から手のひらで押し上げる。そのまま手全体で膨らみを包み、指の付け根で敏感な中心を攻めてきた。円を描くそぶりで撫でられると、知らず腰が浮く。

「ああ、あ、そこ、気持ちい……」

「刺繍のせいで、勃(た)っているかよくわからないな」

「んっ……」

「ミュリエル、どうなっているのか教えてくれ」

鎖骨に軽く歯を立てて、彼が吐息で肌を火照らせる。

左右の乳房をあやされながら、ミュリエルは泣きそうな高い声を漏らした。

「あ、あっ、ジョシュアさまに、ふれられて……っ、ん、胸、の先が……」

「胸の先、ここだな？」

精緻な刺繍ごと、彼の指が乳首をきゅうとつまみ上げた。

「ひぁッ……！」

「どうした？　ここがどうなっているか、教えてくれるだろう？」

「ン……っ！　あ、そこが、感じて、ふ、ぅっ……、ジョシュアさまにこすられる、たび、せつなくて……」

見上げた天蓋布が、ゆるりと弛(たる)んでいる。鎖骨から胸へと彼の唇が這う。ねっとりと舌が唾液の道をつけていく。ときに軽く吸って、ときに歯で引(ひ)っ掻(か)いて、形良い唇がナイトドレスの胸元に近づいていた。

「それから……？」

「そ、それから、あの、ああ、わかりません……っ」

「ミュリエル」

言葉にするのが恥ずかしくて、右手の甲で目元を覆う。

「ミュリエル？」

ジョシュアは低く優しい声で名前を呼ぶ。だが、そこには続きを促す響きがあった。このままなし崩しにしてくれない。ミュリエル自身に説明させようとしているのが伝わってくる。

――恥ずかしい。だけど、これを伝えたらジョシュアさまはわたしを求めてくれるの？

「腰、の奥……」

「ああ」

「奥のほうが、熱くて、んっ……、もっとジョシュアさまに触れてほしくなって……」

彼がごくりと息を呑む気配がした。

太腿に、何か熱いものが当たっている。

「ジョシュアさま、わたしはあなたが……」

「ミュリエル、きみがほしい」

ふたりが同時に言葉を紡いだそのとき、夜だというのにバタバタと廊下を走ってくる誰かの足音が聞こえた。

王の寝所は、不可侵の領域だ。安息のため、王が無防備になる場所。本来ならば、入り口扉の前に警備兵が配置される。

とはいえ、新婚の国王夫妻の寝室前に警備を立たせるのも野暮（やぼ）なこと。当面の間、寝室のある廊下の両端にひとりずつ当直の兵が立つことになっている。

「何かあったようだな」

ジョシュアはため息まじりに言い捨てると、寝台から起き上がる。ミュリエルも急いでガウンの前を合わせ、室内履きに足を入れた。

すぐに扉がノックされる。急（せ）いた印象の連打に、ジョシュアが「入れ」と通る声で応じた。

「夜分遅く申し訳ありません、陛下」

「構わん。何があった」

「は、火事でございます」

――火事⁉

突発的な事態に陥（おちい）ったとは予想できたが、それほどの大事（おおごと）だとは思わなかった。

ミュリエルは窓の外に顔を向ける。カーテンの隙間から見えるのは、いつもとかわりない夜空だ。

「食料庫から火が出て、一階の南側を現在消火しています。陛下と妃殿下にも、一時的な避難のお願いに参りました」

「わかった。怪我人（けがにん）は？」

ジョシュアが上着を羽織り、靴を履き替える。

「今のところ、消火にあたっている騎士が数名火傷を負ったと聞いていますがそれ以上の詳細は――」

「建物よりも人を優先せよ。王宮は修復ができるが、人の命はなにものにも代えられない」

「は！」

伝令の男が、王の言葉に深くうなずいて寝室を出る。すると、それと入れ替わるように騎士が二名やってきた。

「陛下、ご用意はよろしゅうございますか」

「できている。ミュリエル、これを」

薄手の外套を肩にかけられ、ミュリエルは一瞬戸惑う。しかし、すぐに彼の意図に気づいた。ナイトドレスにガウンを羽織っただけの格好で王妃が人前に姿をさらすわけにはいかない。

「ありがとうございます。お借りします」

彼の外套に身をくるむと、ジョシュアの香りがした。足首までほぼ隠れる丈の長さだ。移動のときに気をつけなければ――

「靴はここにないだろう。おいで」

「は、はい」

両腕を広げてくれる夫に、素直に抱きかかえられる。

何度、こうしてジョシュアに抱き上げられただろうか。そのたび、ミュリエルは彼の優しさに包まれる思いがした。

「案内を頼む」

「かしこまりました。まだこの階には煙が回っておりません。北側階段より階下へおり、馬車で移動をお願いいたします」

「わかった」

慌ただしく王宮を出て、準備されていた王宮の紋章入りの馬車に乗り込む。

北側からは火の手は見えない。けれど、いつもは静かな夜の王宮に遠く男性たちの声が聞こえてくる。

――誰も怪我(けが)をしませんように。無事でありますように。

ミュリエルは馬車の中で、両手を組んで祈った。

・・・・・|・・・・・・・|・・・・・

落ち着かない一夜を過ごし、ミュリエルは侍女に着替えを手伝ってもらって早朝から寝室をあとにした。

昨晩は、王宮から馬車で半刻ほど走った先にある王家の別邸で過ごした。過去の王が療養のために建てた屋敷は、小高い丘陵地にある。緑に囲まれた湖のほとりに建つ別邸は、夜中ずっと人の出入りが続いていた。

「おはようございます」

広い応接間に、窓から朝陽が差し込む。その中で、長椅子に座り、テーブルに大きな紙を広げたジョシュアがこちらに顔を向けてくる。

「起きたのか。ずいぶん早いな」

「ジョシュアさまこそ、眠っていらっしゃらないのではありませんか？」

別邸に到着したミュリエルは、ジョシュアとは別にひとり部屋に案内された。久々に寝台にひとりで横たわり、なんだか落ち着かなくてこっそり寝台の下にもぐりこんでみたのは内緒である。

「私のあだ名を知っているだろう？　不夜王ならば、多少眠らなくともどうにかなる」

ミュリエルを安心させるため、彼は優しい冗談を口にした。

もとは、彼がどこで眠っているかわからないという話からついた名だ。決して眠らないという意味ではないのだろうが、ジョシュアもそれを知った上でわざと使っている。

「不夜王だって人間ですよ？　寝なかったら体を壊します！」

彼の優しさに合わせて、ミュリエルもいつもより意図的に子どもっぽく頬を膨らませた。

それを知ってか知らずか、ジョシュアは薄く笑みを見せてくれる。

「我が妃がそう言うのであれば、従わないわけにはいかないな。今夜はなるべく早く休むことにしよう」

「あの、今夜もこちらで……？」

王宮の被害は大きくないと聞いていた。小火ではあるものの、出火原因が判明するまで国王夫妻は安全な場所にいなくてはいけない。

「そうなるだろう。王宮に残る者たちにばかり押しつけて、自分たちは安穏と過ごしていると は王など情けないものだ」

羽のついたペンを持つ彼の手に力がこもる。

冷徹な面が取り上げられやすい王だが、彼は人を思いやる心のある人物だ。だからこそ、即位してから六年、ウェイチェット王国の平和が保たれている。

「ミュリエル、こちらにおいで」

「はい」

小さく手招きをされて、ミュリエルは子猫のように彼の隣にちょこんと腰を下ろした。

「少し、休息させてくれ」

何を求められているのかわからずにいると、ジョシュアがミュリエルの体を両腕でぎゅっと抱きしめてくる。

――これが、ジョシュアさまにとって休息になるの？

肩口に吐息があたたかい。彼の体温を感じて、ミュリエルもジョシュアの背に腕を回した。

「一晩中、こちらにいらしたのですか？」

「ああ。私にできることなど、それくらいしかない」

テーブルの上に広げられていた紙は、王宮の平面図だ。そこに彼の筆跡でいくつか書き込みがされている。おそらくは、出入りしていた者たちから報告を受け、被害状況をまとめていたのだろう。

十歳も年上で、長身の夫。

彼をいたわる気持ちで、ミュリエルはそっと右手をジョシュアの頭に伸ばす。指先が髪に触れると、彼は一瞬身をこわばらせた。

「ジョシュアさまはとてもがんばっていらっしゃいます。今はゆっくり休んでください。わたしがついていますから、心配いりません」

「……きみは」

妹たちにするのと同じつもりで、ジョシュアの頭を優しく撫でる。

「はい」

「案外、私よりもずっと大人なのかもしれないな」

「そうですか？」

ふたりで密（ひそ）やかに笑いあって、何度も右手で彼の頭を撫でつづけた。黒髪はやわらかく、指に絡みついてくる。体も大きく、有能でなんでもこなす王。けれど、友人であるキースは言っていた。『あの孤独な不夜王』と。

――王座は、孤独なものなのかもしれない。ジョシュアさまはとても優しく誠実な方だけれど、だからこそ国を背負って立つためには誰彼構わず信用するわけにはいかないのだわ。

「怪我をされたという騎士たちは大丈夫でしょうか？」

「聞いた限りでは、手のひらや腕に少し火傷を負った者が四名。火事が広がらないよう壁を壊していたときに転倒して怪我をした者が一名。大きな怪我ではないようだ」

「ああ、よかったです」

のちに聞いた話によると、王宮で働く者たちも被害はほとんどなかった。

ただ、今回の火事の原因は未だ不明である。徹底した騎士団の警備をかいくぐって不審者が敷地内に入れるとも考えにくい。けれど、食料庫から自然に火が出るはずもなく、今後も調査は続くという。

「ミュリエル」

「はい」

「公務の忙しさを理由に、きみとは新婚旅行の時間さえとれなかった。この別邸での数日を、ふたりの新婚旅行代わりにさせてほしいというのは残酷だろうか？」

申し訳なさそうに提案してくるジョシュアを、心から愛しく思った。

ミュリエルは、もとより豪華な生活なんて望んでいない。貧乏貴族の出だ。贅沢は身につかない。

それなのに、誰よりも忙しく公務に追われる彼が新婚旅行の時間を捻出できなかったことを悔いていること。そして、別邸でのふたりきりの時間を大切に思ってくれていることが伝わってくる。

「ジョシュアさま、わたし、新婚旅行よりもふたりでいられる時間が幸せです」

「……ああ」

「それに、どこか遠くへ旅行に出かけたら妹たちがどうしているか気がかりになってしまうと思います」

双子の妹、シェリルとクローイは、ときどき王宮へ遊びに来ることを許されている。マリエが特にかわいがってくれるので、ミュリエルとしては感謝してもしたりない。

「それから――」

小さく咳払い（せきばら）をして、首を伸ばす。ジョシュアの耳元に唇を近づけた。

「広い王宮よりも、この別邸のほうがジョシュアさまと近くにいられる気がして嬉しいなんて言っては不謹慎でしょうか……？」

「……それは、昨晩の続きをしてもいいという意味か？」

「ま、まだ朝です。こんなに日が高いのに！」

「私は朝でも夜でもきみを愛しく思っている」

どくん、と心臓が大きく音を立てる。

愛しく思っている。そんな言葉をもらったのは初めてではないだろうか。

彼はミュリエルのことを「かわいい」と言う。それは、小動物や子ども相手にも口にする言葉だ。女性として、特別に感じているのと同義ではない。――と、ミュリエルは思っている。

――だけど、愛しく思っているというのは……

「あの、ジョシュアさま、わたしも……」

言いかけた言葉が、コツコツという足音で遮られた。

――足音!?

がばっと顔を上げて、ジョシュアから身を引く。

「ああ、気にしないでちょうだい。わたしはいないものと思って」

「マリエさま！」

応接間を、まだ寝間着姿のマリエが窓際へ歩いていくではないか。

彼女もまた、この別邸へ避難してきていたのだ。

「よかった。マリエさまもご無事でいらしたのですね。昨晩はよく眠れましたか？」

長椅子から立ち上がったミュリエルは、年上の義妹（いもうと）に駆け寄る。

「ええ、ミュリエルさまもご健勝なようで何より。邪魔をするつもりではないので、どうぞ兄のもとへお戻りに」

「い、いえ！　そういうわけには！」

マリエの前でジョシュアといちゃいちゃするのは、なんとも気まずい。いや、誰の前であっても気まずいが、彼の妹の前というのは特に悩ましいのである。

「マリエ、キースがあとで来るそうだ」

「……そう。何をしに？」

「それは当人に聞け」

どちらも言葉数の少ない兄と妹が短い会話を終えると、応接間はしんと静まり返った。

――何か、話を……！　いえ、朝だからお茶の準備を侍女に頼むのがいいかしら？

ミュリエルが所在なく部屋の真ん中で立ち尽くしていると、マリエがこちらに視線を向けた。

「せっかくですから、かわいい妹さんたちをお呼びになっては？」

「え、双子をですか？」

「ええ。王宮より、妹さんたちとくつろいで過ごせるかと思います」

彼女の言葉に、ミュリエルも大きくうなずいた。

自分が王妃となったことで、妹たちの生活はずいぶん楽になっていると思う。だが、人はパンのみにて生くるにあらず。食事と教育の面が行き届いていても、今まで面倒をみてきたミュリエルがそばにいないことを彼女たちは寂しがっているかもしれない。

「ありがとうございます、マリエさま。早速実家に手紙を送ってみます」

「妹さんたちがいらしたら、わたしにもぜひ声をかけてくださいね」

「はい！」

その後、軽い朝食を済ませると騎士団幹部と王宮上層部の者たちが集まってきて、ミュリエルはあてがわれた寝室へこっそりと戻った。

――この状況でわたしにできることはあるかしら？

火災の原因を突き止めたり、焼けた王宮の修繕をしたりするのは、どう考えてもミュリエルの手に余る。できないほうに分類されることだ。

王妃として、ジョシュアの妻として。

――そうだわ。ここなら王宮と違って、わたしにもできることがある！

侍女に頼んで簡単に着替えを済ませ、ミュリエルは厨房へ向かった。

昼近くなっても、ジョシュアを取り囲む人の数は減らない。誰もがテーブルに広げた資料らしきものを眺め、頭を抱えている。それどころか、気づけば壁のあちらこちらに図面らしきものが掛けられていた。

――とっても難しいことを考えていらっしゃるのね。

そう思いつつ、侍女と一緒にワゴンを押してきたミュリエルは、つとめて明るい声を出す。

「皆さまお疲れさまです。よろしければ昼食をいかがですか？　片手で食べられるものを用意してまいりました」

王妃自らワゴンを押す。いや、むしろミュリエル自身が厨房に立ち、料理人と一緒に作った昼食だ。

「えっ、王妃さまが？」

「まさか、そんな恐れ多い」

ミュリエルの父ほどの年齢の男性たちが、慌ててワゴンを受け取りにやってくる。

「あー、言われてみれば腹減った」

「こんなに頭使うことも珍しいですからね」

ジョシュアと同年代の男性たち——こちらは主に騎士たちは、届いた食事に興味津々である。

——それで、ジョシュアさまは……？

いつもの清冽な美貌で、彼は長椅子に腰かけてじっとミュリエルを見つめていた。

「ミュリエル、こちらに」

「は、はい」

ワゴンもわたしてしまったので、身軽になって彼のそばに駆け寄る。すると、細い腰をひょいと引き寄せ、彼はミュリエルを自分の隣に座らせてしまったではないか。

「陛下、わたしは皆さまに昼食を」

「構わん。きみもここで食べればいい」

よく見ると、ジョシュアの目の下には隈ができている。白磁の頬も、艶がない。睡眠不足と疲労困憊で、彼の美貌に陰りが見られた。

「ミュリエルが作ったものがあるのか？」

「はい、僭越ながら」

「どれだ？」

「えーと、あの大きな銀盆のサンドイッチです」

料理の大半は、パンで肉やペースト、野菜を挟んだものだ。忙しなく働いている人たちでも、片手で食べられるとなれば話し合いの邪魔にならないと考えた。

「すまないが、その銀盆をこちらに」

「はい、かしこまりました」

男女入り乱れた人々が、急いでジョシュアのもとに料理を運んでくる。

――あまり食に興味があるように見えなかったジョシュアさまだけど、お腹が空いていたのかしら？

図面をよけ、テーブルに銀盆が置かれる。たっぷりと盛り付けられたサンドイッチの中から、彼はチーズとレタスを挟んだものを手に取った。

「これもミュリエルが作ったのだな？」

「そうです」

彼は手の中のサンドイッチを見つめて、ゆるりと目を細めた。

疲れのにじんだ顔がほどける瞬間を目の当たりにし、なぜかひどく心臓が高鳴る。

「我が妃が準備した食事だ。皆、ぞんぶんに味わってほしい」

ジョシュアの言葉に、朝から再建計画に奮闘していた面々が腹の底から響く声をあげた。それほど疲れていたのだろうし、人によっては朝も食べずに駆けつけたのだろう。

たっぷり準備したはずの食事は、瞬く間に男たちの胃袋に吸い込まれていく。侍女たちは飲み物を注いで回り、ジョシュアはじっくりとサンドイッチを頬張る。

「……おいしい」

「わあ、ほんとうですか？」

「ああ。私の妃はこんなおいしいものを作れる女性だったのだな」

彼は大きな手でミュリエルの頭を撫でてくれる。それを見て、集まった人たちの空気もやわらぐ。

王宮が燃えるという事態に、誰もがピリピリしていた。

──そういうときは、やっぱり食事だわ。

「ミュリエルも食べるがいい」

「はい、あっ、えっ？」

自分でサンドイッチを手に取ろうとしたが、彼はさっとひと切れを取って口元に運んでくれる。

——これは……ジョシュアさまの手からそのまま食べろということ⁉

衆人環視の中、子どものように口を開けて食べるのは間の抜けた王妃だと思われないだろうか。

「さあ、口を開けて」

「へ、陛下、わたし自分で……んぐ」

口に入れられたのは、甘いバターとオレンジのサンドイッチだ。

——おいしい！

つい笑顔になったミュリエルは、もぐもぐと口に入ったパンとオレンジを噛みしめてジョシュアに二度、うなずいてみせる。

「今回の件で、皆には迷惑をかける」

王妃を隣に座らせたまま、彼が集まった男たちに顔を向けた。

「王宮の再建には、時間もかかることだろう。何も急ぐことはない。十日もすれば王宮へ戻る。修繕よりも、まずは皆の負担が少ない道を選ぼう。別邸にいる間は、騎士団には二箇所に分かれての警備を頼むことになる。団長、それについては騎士たちに迷惑をかける」

彼の言葉に、騎士団の団長である逞（たくま）しい男性が「もったいなきお言葉」と言って膝をついた。

「幸いにも、王宮に暮らす王族は少ない。王宮の耐久性に問題がなければ、使える部屋でまかなって暮らしていく所存だ。専門家の調査結果を待って、移動となろう。今日は朝から集まってもらったが、皆の聡明な案のおかげで、急ぎ対応すべき点は判明した。午後からは、私も妃とともに少し休ませてもらうつもりだ。手間をかけさせた代わりとはいかないが、果実酒を運び入れさせよう」

ジョシュアの言葉に、ワゴンを押した侍女たちが戻ってくる。いつの間に手配をしたのだろう。

「助力、感謝する。これからのウェイチェット王国のため、よろしく頼む」

杯を手に、ジョシュアが声をあげる。

それを合図に、食事会は宴と化していった。

……|……|……

「ミュリエル、こちらへおいで」

小柄な妃に手を差し伸べると、彼女はお行儀よくちょんと手をあずけてくる。

なんと小さな手だろうか。この小さき手で、彼女はなんでも器用にこなす。今日は、集まった者たちのために料理までしてくれた。

「ジョシュアさま、午後はどうお過ごしの予定ですか？」

別邸の最も広い寝室を、ジョシュアは使用している。その室内で、寝台の足元にある長椅子に腰を下ろした。手をつないでいるミュリエルも座ろうとするが、

「そこではない。こちらに」

「は、い……？」

自分の膝の上を指差すと彼女が数秒硬直して、その後ぽおっと頬を赤く染めた。

「し、失礼します」

ちょこんとこちらに背を向けて、彼女が膝の上に座る。

「今日は助かった。きみのおかげで、皆も士気が上がった」

「そんな、わたしなんて」

「何より私の意気に影響している」

細い腰を両腕で抱き寄せた。コルセットを着用していなくとも、ミュリエルなら細いドレスを着こなせるのではないだろうか。

──いや、それにしては胸元が問題だ。

「ジョシュアさま、昨晩は眠れましたか？」

彼女が顔を上向け、ジョシュアを見上げた。

「きみはどうだ？」

「わたしはぐっすりです。でも、ジョシュアさまは……」

まいった。目の下に隈があるせいで、嘘をつくのも難しい。

たしかに昨晩はあまり眠れなかった。だが、火事の一件もさることながら、ミュリエルのいない寝台の下ではどうにも落ち着かなかったのである。

――彼女は俺がいなくても眠れるのにな。

愛しい妃が元気なのは何より。ジョシュアはうつむいて、彼女の鼻先にキスを落とす。

「きみがいなくて眠れなかったと言ったらどうする」

「！　でしたら、午後はお昼寝にしましょう。わたし、今日はあまり膨らまないドレスを着ていますから、ここの寝台の下にも入れると思います」

明るい声に、心が包み込まれるような気がした。

ミュリエルは太陽だ。あたたかく、朗らかで、誰にでも優しい。不夜王と呼ばれる奇妙な自分のもとへ嫁いできてくれた、ただひとり生涯守り抜く王妃なのだ。

「さあ、ジョシュアさま、ぜひ！」

「ああ、そうだな」

彼女に誘われ、ふたりは寝台の下に滑り込む。

掃除は行き届いているが、少し埃っぽいにおいがしていた。

「どうすると眠りやすいですか？」

ミュリエルは、心配そうに白い手でジョシュアの頬をなぞる。彼女はいつも、指先が少しひんやりしている。その指で触れられるのが心地よい。

「ミュリエルを感じられるのがいちばんだ」

「っっ……、わ、わたしを……？」

素直な気持ちを告げたところ、愛しい妃はひどく動揺した素振りを見せる。普段どおり、彼女を抱きしめて眠りたいというつもりだったのだが、誤解をさせてしまっただろうか。

——言い方が悪いのかもしれない。別の言い回しは……

「きみと密着し、鼓動や呼吸を感じているとよく眠れる」

頬どころか耳まで赤らめて、彼女が小さくうなずく。

「それでは失礼します」

ゆっくりとミュリエルが体を寄せてきた。ドレスは寝間着よりごわつく。彼女の体温を遠く感じて、ジョシュアは細い体をぐっと抱きしめた。

「んっ……」

苦しげなあえぎが聞こえ、腕を緩める。

「きつかったか？」

「いえ、その、ちょっと緊張してしまって……すみません」

「緊張などしなくていい。俺はきみの夫だ」

まだ体のつながりはなくとも、ジョシュアにとってミュリエルは唯一無二の存在に違いなかった。彼女にとってもそうありたい。

若草色の瞳をやわらかくにじませ、彼女がうなずく。

形良い頭を撫でると、次第にミュリエルの体からこわばりが消えていった。

それとときを同じくして、ジョシュアもすっかり寝入ってしまう。昨晩、一睡もできなかったのだから無理はない。

愛しい人を腕に抱いた午睡は、とても幸せだった。

・・・・・・|・・・・・・|・・・・・・

王宮の火災は、不審火で決着がついた。

食料庫付近が火元ということもあり、火の不始末も疑われた。徹底的な調査の結果、食料庫の窓ガラスが凸状に歪(ゆが)んでいたことによる、太陽光を受けた自然発火の可能性が高いとのことだった。

王宮の南翼(なんよく)一階は、焼け落ちた部分と水で濡れた部分、そして火の広がりを防ぐために建物を壊した部分、それぞれの修繕が必要となる。専門家たちの見立てによれば、今回火事の被害があった箇所を修繕しないままだと、南側の二階、三階を使用するのは危険という判断だ。

ウェイチェット王国の王宮は、南側を使用しなくとも困らないほどに広い。

しかし、ジョシュアたちは離宮への移転を検討しているらしかった。国内には、過去に主宮として使用されていた離宮がふたつ、退位したのちに元王が暮らした離宮がひとつある。

この中で、現在もっとも移転先として評価が高いのは、国の西側にあるシャリアディル離宮だ。

建築物としては最古だが、そのぶん造りがしっかりしている。離宮の周囲には湖が多く、城門には跳ね橋がかかった構造だ。空を飛んで城壁を超えてくる侵入者がいないかぎり、警備の安全性が高い。

――シャリアディル離宮、どんなところなのかしら。

相変わらず初夜はおあずけのまま、ふたりの新婚生活は続いている。

別邸にいると、王宮よりも物理的に近い場所で過ごすことが多いので、日常から離れた感じがするのは楽しい。昼の休憩時間に、彼からお誘いがあってふたりで寝台の下で午睡を楽しむこともある。

――少しずつ、わたしの体は硬いところで眠るのに慣れてきているわ。

火事で別邸に移り、慌ただしい日々を送っているのも影響してか、最近は寝台の下でもぐっすり眠れるようになった。何事も、慣れというのは大事だ。

その日、午前中から教会のチャリティバザーに参加していたミュリエルは、別邸に戻って馬車を降りた。

「おかえりなさいませ、王妃さま」

迎え入れてくれた侍女に笑顔でうなずき、別邸の自室へ向かう。階段をのぼって部屋に入ると、侍女たちを下がらせた。

——今日は少し疲れたわ。だけど、小さい子どもたちもたくさん来ていてかわいらしかった。

そんなことを考えながら、ぼんやりと衣装部屋の手前にある姿見を覗き込む。

今日はあまりかしこまった場ではなかったので、身動きのとりやすいドレスだ。

ふわりと広がるフリルをたっぷり使ったドレスの裾を、両手で広げてお辞儀をしてみる。妹たちがいたら、きっとお行儀の練習ごっこをするところだ。

「ふふ、ひとりでこんなことをして、わたしったら……」

口元に手をあててひっそり笑っていると、急に衣装部屋の扉が開いた。侍女が片付けでもしていたのだろうか。そう思って顔を上げると、突然目の前が真っ暗になる。

「なっ、何……っ」

黒い布のようなものをかけられたのだと気づいたときには、ミュリエルの体は宙に浮いていた。

一瞬で全身の毛穴が開く。恐怖に喉が詰まった。呼吸もままならない。

——どうしよう、わたし、どうしたら……

泣きそうになりながら、自分のすべきことを考える。しゃにむに両手両足を振り回してみるべきか。しかし、あまりの事態に体が硬直している。

「私だ」

――ん？？？

「ジョシュアさま!?」

何かやわらかなものの上に体が下ろされた。頭からかぶせられていた黒い布がはがされると、ミュリエルはぷはっと息を吐く。

連れてこられたのはあまり広くない衣装部屋である。王宮の衣装部屋と異なり、別邸では左右の衣装棚の間にあまり隙間はない。ここでしばらく過ごすためにドレスを何着か運んできてあるが、衣装棚はすかすかだ。

「どうされたのですか？　びっくりしました」

「きみに会いたかった」

ぎゅうと抱きしめられ、彼の背中に腕を回す。足元がふかふかしているのは、どうやらクッションが並べてあるらしい。いつの間に衣装部屋にクッションを持ち込んだのだろうか。

――あら？　さっきの黒い布は……

見れば、彼がよく使う黒い外套が落ちている。おそらく、これを被せられたのだ。

「わたしも会いたいです。いつだってお会いしたいですよ？」

昨晩も今朝も一緒に食事をした。夜は別々の部屋で眠っているが、それが寂しく感じる理由なのかもしれない。考えてみたら、結婚してからこちらずっと同じ寝室で眠っていた。

そのことを話すと、彼が黙ってミュリエルの頬に唇を寄せる。

「今日は、このあとの予定は？」

「夕食までのんびりです」

「そうか。奇遇だな」

彼はクッションの上に一緒に座ると、両腕を脇の下に入れてきた。そのまま抱き上げられ、彼の膝の上に横抱きにされる。

「俺も今日は予定が変更になった。このあとは、ミュリエルを愛でる時間にしたい」

「め、めでる、ですか？」

ごくりと息を呑む。一瞬で頬が熱くなった。

顔を見合わせ、ジョシュアが微笑む。

「嫌か？」

「っっ……、い、イヤじゃありません。嬉しい、です」

素直な気持ちを口にすると、自分がジョシュアと一緒にいたかったのを強く実感する。

結婚前も結婚後も、ふたりで過ごす時間がなかったわけではない。ただし、結婚前は完全にふたりきりで過ごすことは禁じられていたため、常に室内には騎士や侍女が付き添っていた。

結婚後、夜をともに過ごすようになってからも、こんなに直接的に言葉で言われたことはない。

——ジョシュアさま、わたしが十七歳だということを気にしていらしたけれど……

「あの、わたし、子どもではありません」

彼を見つめる目に力を、心を込める。

「ミュリエル、それはどういう意味だ？」

「ジョシュアさまより十歳も幼いのは事実です。けれど、わたし……っ」

息を吸って、心を決める。

想っているだけでは何も変わらない。何も伝わらない。

言葉にして、好きな人に。

「わたし、あなたの妻なんです！」

ただそれだけのことを言うのに、全身が汗ばむ気がした。

「ああ。きみは俺の唯一の妃だ」

唇が、奪われる。

重なり合う互いの唇が、甘やかに欲求を高めあっていた。キスの合間に、彼の手がドレスの裾から忍び込んでくる。

「ん、んっ……」

パニエをかき分け、内腿（うちもも）をするりと手の甲で撫でられた。

「っっ……！」

「ミュリエルの体は温かい。それなのに、指先は冷たいから不思議だ」

小さく笑う声が、唇を震わせる。

「あまり動くと棚にぶつかる。ここは狭い」

「そ、そうですね」

そういう意味では、ミュリエルよりも彼のほうが長い手脚をぶつけそうだ。そっと天井に目を向けると、同時に背中からしゅるりと紐を解く音がする。

「女性のドレスというものは、着脱が大変そうだな」

彼の手は、器用に背中のボタンをはずし、コルセットの紐をほどいていた。

「や、待ってください。今、今は、まだ昼間で……」

狭い衣装部屋には、昼も夜も感じられない。

それを知っているからか、ジョシュアが吐息だけで笑った。彼の艶冶な笑い声ひとつで、心臓がぎゅっと締めつけられる。

「きみのことを考えると、何も手につかなくなる」

ドレスが脱がされ、上半身が下着姿になった。ミュリエルは両手で心許(こころもと)ない胸元を隠す。下着一枚だと、胸の大きさが強調されてしまうからだ。

「今日は公務もおろそかで、文官に何かあったのかと尋ねられたほどだ」

靴下留めと靴下が引き下ろされ、パニエが宙に舞う。

「何か、あったのですか……？」

「あったとも。俺には妻と過ごす時間が足りなすぎる」

彼が噛みつくように首筋にキスを落とした。触れられた肌から、全身に甘い予感が駆け巡っていく。

「んっ……ぁ……」

鼻から甘い声が抜け、ミュリエルは両腕でジョシュアにしがみついた。

「きみがほしい。まだ十七歳のきみを奪うことに抵抗があった。だが、気づけばきみのことしか考えられなくなっている」

「ジョシュア、さま……」

——わたしもです。あなたがほしい。あなたのほんとうの妻になりたい。

思いの丈を伝えようと、顔を上げる。

口を開いたその瞬間、遠くノックの音が聞こえてきた。

「王妃さま、ミュリエルさま？　いらっしゃらないのかしら？」

侍女が室内にやってきたらしい。そういえば、今日の午後に王宮からドレスを運んでくると言っていた。

——ドレスを運んで……。つまり、衣装室に来る！

はっと気づいたミュリエルは、周囲を見回す。脱がされたドレスに、彼のマント、靴下も靴下留めも放り出している。ここに侍女が入ってきたら、何をしていたかはすぐに知られてしまうだろう。

「ジョシュアさま、奥へ！」

小声で告げると、ミュリエルは立ち上がって狭い衣装室の奥にある小さなドアを開けた。そこには帽子や靴をしまうための収納室がある。この別邸へ来た日に、偶然知ったものだ。妹たちがいたら、かくれんぼに使いたがること間違いなし。

彼の手をつかんで、収納室に身を隠す。

――だけど、大人がふたり入るにはかなり窮屈だわ。

背中に覆いかぶさるようにジョシュアが密着している。彼は後ろ手で内側からドアを閉めた。明かりもなく、互いのまつ毛すら見えない暗がりだ。

「……さま、ミュリエルさま？　衣装をしまわせていただきますね」

女主人の姿がないので、侍女も当惑しているのだろう。それでも彼女は彼女で仕事をしなければならない。呼びかけの声に続いて、衣装部屋の扉が開く音が聞こえてきた。

――ジョシュアさまの、息が……

背中が彼の胸にぴたりとくっついている。首筋に息がかかって、くすぐったさに声が出そうだ。

「まあ！　こんなところにドレスを放って。いったい誰のしわざかしら。まったく！」

隠れておいてよかった。だが、脱ぎ捨てたドレスを持っていかれるのも困る。

「あら、クッションまであるじゃない。もしかして、誰かここでこっそりサボっていたんじゃない？」

「ありうるわね」

侍女たちの声に、ミュリエルは思わず頭を抱えた。

衣装部屋にクッションを持ち込んだのは国王であり、ドレスを脱ぎ散らかしたのは王妃である。しかもふたりはまだ、奥にある収納室に潜んでいるだなんて、侍女たちには知られたくない。

——あっ、ジョシュアさまのマント！

黒い外套を置きっぱなしにしてしまったのでは、と不安になったが、暗闇に慣れてきた目にしっかりと彼の手が見える。ジョシュアはマントを握っているではないか。彼の冷静沈着な判断に感動し、同時に自分だけが慌てふためいていたと恥ずかしくなった。

「ドレス、運び終わったなら廊下のモップがけを手伝ってちょうだい」

「はーい」

がやがやと侍女たちが部屋を出ていく物音がし、しばらくするとふたりの息遣いが収納室を満たした。

——助かったわ……！

安堵の息を吐き、ミュリエルは顔を彼のほうに向ける。

「バレずに済みましたね、ジョシュアさ……ま……!?」

胸元に違和感を覚えて、思わず語尾が裏返りそうになった。

大きな手がミュリエルの乳房を包み込んでいる。

「あ、あの……っ」

逃げようにも、逃げ場がない。さらに、収納室のドアは彼の背中で塞がれている。

「こんな狭い収納があるとは知らなかった」

なぜか、ジョシュアの声は熱を帯びて聞こえる。息をひそめているせいかもしれない。

「そ、そうですね……」

親指と人差し指が、布一枚で隔てられた小さな突起をきゅっとつまみ上げた。

「っ……!」

声を必死に噛み殺し、ミュリエルは身悶えて快楽を受け止める。

「きみと密着していると、俺は冷静でいられない」

「あ、あっ……」

「ミュリエル、逃げられないきみはひどく官能的だ」

恍惚とした声が、耳朶をくすぐる。指先はいたずらに蠢き、つんと芯を通した胸の先をあやしていた。

「ああ、ここは寝台の下よりも動きを制限される。こうして俺の腕の中にきみを閉じ込めてしまえたら――」

下着の肩紐が肘まで引き下ろされる。ふっくらとやわらかな乳房が、暗闇であらわになった。

「胸元がきついと言っていたが、俺の手の中にすっぽり収まる」

「んっ……」

それはジョシュアの手が大きいせいだ。そう思ったけれど、声を発したら嬌声になりそうでミュリエルは必死に唇を噛む。

「私のかわいいミュリエル」

彼は両手で乳房を揉みしだき、先端を指腹でコリコリとあやす。その合間にも、首筋に軽く歯を立て、薄い肌を舌で舐った。

天井も低く、密閉された空間で。

身動きすらできずに、ミュリエルはジョシュアに甘く乱されていく。

触れられていない、あらぬところが甘く疼きはじめていた。もじもじと太腿をすり合わせ、両手で自分の口を覆う。それでも、鼻から抜ける声はこらえきれない。

「んっ、んぅ……っ」

「もう侍女は行ってしまった。声を出してもいい」

「ですが……っ」

「俺に聞かせてくれ。きみの愛らしい啼き声を」

とん、と肩を押されて壁にしがみつく格好になる。膝立ちで上半身を壁に押しつけ、彼に腰を突き出した。もとより狭い収納室だ。彼がうしろからのしかかってくると、ミュリエルは腰から首筋までぞくりと痺れが走るのを感じた。

「ジョシュアさま……？」

壁についたミュリエルの手に、彼の手が重なる。指と指の間に彼の指が割り込んできて、ミュリエルの両手を釘づけた。

「こんな場所で、きみを奪うわけにはいかない」

「ぁ……ッ……」

だが、剥き出しにされた秘所に何かがあてがわれている。それはひどく昂り、熱を持つもの。先端が反り返り、どくんどくんと脈を打っている。

──これが、ジョシュアさまの……？

医官から説明されたことを思い出し、ミュリエルは甘い吐息をこぼす。

くちゅ、と小さな水音が聞こえた。

──わたしの体が、濡れてきている。

彼に触れられると、ミュリエルの奥から甘い蜜があふれてきてしまうのだ。それが、亀裂に割り込むジョシュアの雄槍を濡らしていた。

「……っ、熱い、です」

「俺だけか？　きみのここも熱く濡れている」

彼がゆるりと腰を揺らす。すると、触れ合った粘膜がはしたない音を立てた。

「あ、あっ……、ん、そこ、ダメ……っ」

蜜口から花芽にかけて、彼の劣情が往復する。速度を上げて腰を揺らされると、時折切っ先が蜜口に引っかかった。

「ひぁ……ッ」

「駄目だとわかっているのに、それでもきみがほしくなる。きみの純潔を俺が奪わないよう、その手でつかまえてくれないか？」

絡んだ指のまま、ジョシュアがミュリエルの右手を脚の間に導く。

「え、あ、ジョシュアさまっ……⁉」

指先が、脚の間に挟み込まれたものの先端に触れた。それはすべらかで、ねっとりと濡れている。

──わたし、今、ジョシュアさまに触れているんだわ。

指腹でそろそろと撫でると、彼が息を呑むのがわかった。

どう触れたら気持ちよくなってもらえるのか、ミュリエルは知らない。それでも本能的に、彼の先端を何度も何度も撫でる。

「下のほうに手を添えて。ああ、そうだ。うまいな、ミュリエル」

「こ、こう、ですか……？」

「できれば両手でつかんでくれ。きみの体は俺が支えよう」

言われるまま、ミュリエルは太腿の間から突き出た亀頭を両手で包み込む。手の中で、ジョシュアの情欲が生き物のように脈を打った。

「んっ……」

彼の腕はミュリエルの胸元に絡みつき、乳房を弄りながら腰を揺らす。

「ぁ、ああっ、ダメ、同時にそんな……ぁッ……」

「手を動かして、そう、きみと一緒に感じたい」

「んん、こんな……ぁ、あ、気持ち、いい……です……っ」

胸の先端を強くつままれると、背がしなる。彼の劣情を内腿できつく締め付ければ、ジョシュアが低いうめき声を漏らした。

「ひぁ……っ……、ん、や、やだ、わたし、もう……」

「達してしまいそうか？」

「は、い……ッ」

ぞくぞくと全身が震える。果てへと到達する予兆を感じて、ミュリエルはぎゅっと目を閉じた。

「俺もだ。きみが愛らしくて、すぐにも果ててしまうだろう」

白い指に包まれた亀頭が、ひときわ張り詰める。

「……っ、一緒に、ジョシュアさま……」

懇願に似た声に、彼が甘く笑う。それは、幼い妻の願いを愛しく思ったのか。あるいはおねだりを覚えたミュリエルの痴態に満足したのか。

「そうだな。ともに果てよう。かわいい俺の妃よ」

互いに獣のように腰を揺らし、ふたりは甘い快楽を分かち合う。

思うように動けない場所だからこそ、いっそう喜悦が凝縮されていく。

「ぁあ、あ、ジョシュアさま、ジョシュアさま、お願い……っ」

「は……ッ、ああ、もう限界だ」

ミュリエルが全身を震わせたのと、彼が白濁を放ったのはほぼ同時だった。

「あっ……ぁ、あ……、う……」

手の中に、熱いものが飛沫をあげる。こぼさないよう、両手で受け止めてミュリエルはガクガクと腰を揺らした。

——これが、ジョシュアさまの子種なの？　とても熱い。それに、淫靡な香りがするわ。

医官の言っていたことによると、ミュリエルの中に彼の情慾を突き立て、体の奥深いところで子種を注ぐらしい。

「すまない。きみの手を汚してしまった」

ジョシュアはマントをつかみ、ミュリエルの手をぐいと拭う。

「そ、そんな、いけません。ジョシュアさまのお洋服が汚れてしまいます」

「構わない。きみの手のほうが大事だ」

体表に薄く浮かんだ汗の玉が落ち着くころ、彼はフロックコートを脱いでミュリエルの体にぐるりと巻きつけた。

「？　ジョシュアさま、これは……」

「このまま部屋に戻って、侍女がいたら困るだろう？」

「そっ……」

——それは困ります！

思わず大きな声を出しそうになり、ミュリエルはなんとか続きを呑み込んだ。

「ミュリエル」

先ほどの行為の最中と同じくらい、甘く蕩ける声で彼が名を呼ぶ。それだけで、鼓膜がせつなさに打ち震えた。

「俺はきみの困る顔を想像するだけで興奮するらしい」

笑いを含んだ声は、どこか冗談めいている。けれど、彼と過ごした時間でミュリエルにもわかってきた。

ジョシュアは、本気でそう言っているのだ、と。

――わたしが困っていると、ジョシュアさまは興奮されるの？

「でしたら、いつでもわたしを困らせてください……」

ミュリエルは甘える声音で彼に伝える。

「そんなことを言って、俺を煽っているのか？」

「あ、煽る？　わたしが、ジョシュアさまをですか⁉」

滅相もない、と首を横に振った。

「煽ってくれてもいい。ただし、その責任を取るのはきみだ」

ぎい、と小さく軋む音を立て、収納室のドアが開く。明かりが目に眩しい。

ジョシュアはミュリエルを抱き上げ、慎重に衣装部屋に移動した。そのまま寝室へ戻ると、そっと寝台の上に横たえてくれる。

「少し休むといい。侍女に言って、入浴のしたくをさせる」

「あ、あの、ジョシュアさま」

「どうした？」

すぐに立ち去ってしまいそうな愛しい人に、ミュリエルは右手を伸ばした。

「……わたし……」

心が喉元までせり上がってくる。

けれど、何を言ってもこの想いを言葉で尽くせる気がしない。

ありがとう、も。

好きです、も。

どちらも胸にこみ上げるけれど、そのどちらでも足りないのだ。

「わたしも、ジョシュアさまに会えないとすぐに寂しくなってしまうのです」

「では、今夜からは私の部屋でともに眠ることにするか？」

「はい……！」

別邸なのだから、いつもどおりにはいかない。

そう思ってあきらめていたミュリエルは、彼の提案に目を輝かせた。

国王夫妻の距離は、少しずつ縮まっていく。日毎、夜毎、愛情は深まっていく。

第三章　心奪われて、初夜

シャリアディル離宮への転居が決定されたのは、火事から七日後のことだった。

思ったよりも決定に時間がかかり、ジョシュアとしては少々焦れったい気持ちがする。だが、こんなふうに焦燥感を覚えるのはいつぶりだろうか。

「最近、お兄さまはずいぶん人間味があるのね」

マリエは相変わらずの冷えた態度でふいと顔を背ける。

妹に嫌われるのは当然のことだ。ジョシュアとしては、マリエを大切な家族と思う気持ちはあるのだが、彼女に敵対国で五年も過ごしてもらうと決めたのもまた自分だ。

離縁ののち、ウェイチェット王国へ戻ったマリエは、以前にも増して心を閉ざしているように見えた。

しかし、そんな彼女が目を輝かせる瞬間をジョシュアは知っている。

ミュリエルの妹たちが遊びにきていると、マリエは表情を和らげた。そして、ミュリエルと話しているときも柔和な笑みを見せる。もちろん、それは周囲の人にはあまり伝わらない。残念ながら兄妹は、感情表現が得手ではなかった。

「マリエ、今日はキースが来るそうだ」

朝食の席で妹に声をかけると、彼女のフォークがぴたりと動きを止める。

「そうですか。それでなぜわたしに？」

予想通りの返答に、ジョシュアも普段と同じ感情の起伏が少ない声で、

「私とミュリエルは外出の予定だ。もてなしを頼む」

とすげなく伝えた。

特に険悪なわけではないのだが、ふたりの会話を聞いているとき、ミュリエルは心配そうにしていることが多い。だが、今日は突然の外出を告げられて驚いている。

「あの、今日は外出をするんですか？」

「そうだ。結婚直後に王宮から別邸へ移動して、ミュリエルもまだ国内の視察を満足にできていないだろう？」

あくまでそれは建前だ。

彼女とふたりで出かけたいジョシュアと、マリエとふたりでゆっくり話したいキースの利害が一致して、今日という日の予定が立った。

「ずるいわ。わたしもミュリエルさまと出かけたいのに」

「おまえが来たらキースの相手はどうする」

「お兄さまが残ればいいじゃない。そうしたら、わたしはミュリエルさまとかわいい双子ちゃんたちと四人でお出かけします。そもそも、キースは何をしに来るのかわからないもの」

我が妹ながら、言っていることは正しい。そして自身の欲求にまっすぐだ。

「え、あの、えっと」

間に挟まれて困惑しているミュリエルは、今朝もたっぷりと食事をとる。若いころから食の細いマリエを見てきたので、おいしそうに食べる妻の姿はジョシュアにとっても驚きのひとつだった。

「でしたらわたしが残りますので――」

言いかけたミュリエルの言葉を、兄妹はそろって遮る。

「駄目だ」

「駄目でしょう」

「ええ……」

キースとミュリエルをふたりきりにさせたくないという一点で、ジョシュアとマリエの気持ちは合致していた。

「いいか。これは王妃として国内の様々な施設を確認する大切な役目だ」

だが、公務ではない。

妻とふたりで外出したいだけの自分が、無理を通そうとしている自覚はある。

「それはそうですが、マリエさまに留守番を頼むのは申し訳ないです」

「わたしは留守番が得意ですから」

無表情にマリエがスープを口に運んだ。

「まあ、そうなのですか?」

「お伝えしたことがありませんでしたね。趣味も特技も留守番ですので、どうぞお気になさらず」

「趣味も……?」

やりすぎた設定に、ミュリエルが首を傾げる。趣味が留守番はそうそうない話だ。

「知らずに申し訳ありません! では、マリエさまの邪魔をしないためにも外出をさせていただきますね」

頬を赤らめ、恥じらいながら肩をすくめる王妃を前に、ジョシュアは彼女の純真さをあらためて実感した。そして、なんとしても彼女を守っていきたいと強く感じる。

「ありがとうございます、ミュリエルお姉さま」

年上の義妹となったマリエは、ジョシュアの知る限り初めてミュリエルを姉と呼んだ。

「マリエさま……!」

——俺を抜きに話を進めるなと言いたいところだが、結果として望む未来を手に入れた。

ジョシュアは、満足して食事の続きに取り掛かる。妹と妻が仲良くなるのは歓迎する。ただし、自分よりもマリエと親しくなられるのは悩ましい。

――独占欲か。

今まで、そんな感情を知らなかった。

王の子として生まれ、何不自由なく育ったからという事情もあるのかもしれないが、誰かを独占し、自分だけのものにしたいと感じるのは生まれて初めてのことだ。

王という生き方は、孤独を背負う。

少なくともこれまで、ジョシュアは孤高であることを受け入れて生きてきた。

だが、孤独は必然ではない。妃を迎え、幸せな家庭を築いて、同時に国を守ることだってできるはずだと今なら思える。

食事を終えると部屋に戻り、外出用の黒い外套を選ぶ。

新しい一日を、彼女と過ごす。そう思うだけで、胸の奥に優しい気持ちが膨らんでくるのがわかった。

王族専用の馬車に乗り、目指すは国の西方面だ。

緑の王国と呼ばれるウェイチェットは、四方のどこへ向かっても豊かな水と植物、畑、山々がある。その中でも、西側には丘陵地帯が多い。

「ジョシュアさま、見たことのない鳥がとまっています！」

金色の髪を三つ編みにし、日焼けを防ぐための軽やかな帽子を被ったミュリエルが、嬉しそうに丸い窓の外を指さした。

「ああ、愛らしいな」

——ミュリエルが。

「はい。ふっくらしていて、丸い小鳥でしたね」

はめ込みの丸い窓から見える青空さえも、彼女の笑顔の前にはかすんで見える。

王都を離れるにつれ、景色の中に緑色の割合が増えていく。風にそよぐ木々よりもたおやかに、ミュリエルが細くしなやかな腕で帽子を押さえた。

「果樹が増えてきた」

彼女の視線の先に指を向けると、大きな若草色の瞳が輝く。

ミュリエルの父が治める領地には、果樹園が多かったはずだ。一時は土地の多くを手放していたようだが、今では領地管理のための人員をジョシュアが派遣していることもあり、ベンソンフォード侯爵はよい領主への道を歩みはじめている。

「わたし、ずっと憧れていたことがあるんです」

頬を紅潮させ、彼女がこちらに振り向いた。

「聞かせてくれ」

「果実を、自分の手で収穫してみたいんです。ジョシュアさまは、なさったことがありますか？」

彼女の長年の憧れが、あまりに純真無垢で天を仰ぎそうになる。

「言われてみれば記憶にない」

「そうですよね。機会があったら、ぜひご一緒しましょう」

「ああ」

言葉少なに答えながらも、彼の心は高鳴っていた。まるまると太った小鳥も、美しい青空も、この国の代名詞である緑豊かな景色も、一瞬で消え失せてしまう。

ただ、彼女の存在が眩しかった。


最初に到着したのは牧場だ。

ここでは、王族や貴族におさめる乳製品を主に作っている。柵で仕切られた広大な土地に牛たちが暮らしていた。

「ようこそ、セントルードリー牧場へ。国王陛下におかれましては、このたびのご成婚まことにおめでとうございます」

牧場主は緊張した面持ちでジョシュアとミュリエルを迎えてくれる。

彼が緊張するのも当然で、国王夫妻が外出するとなれば護衛に大人数の騎士たちが付き添っている。いかつい男たちが剣を腰に並んでいるのでは、いつもどおりにしろというのも無理な話だろう。

「初めまして、ミュリエル・ウェイチェット・プリムローズでございます。本日は急にお邪魔してしまい申し訳ありません。お仕事の邪魔にはなりませんでしたか?」

「滅相もない。王妃さまにお気遣いいただくだなんて、わたくしどもにはもったいないお言葉です」

ミュリエルにすれば、本心から相手の仕事を心配して出た言葉だろう。彼女のそういうところが、ジョシュアにないものだ。

王として、こうあるべき。

会話を楽しむ、相手の心情を推しはかる。そういった情緒に欠けた自分は、満月に足りない月のようだ。

「こちらの牧場には、牛のほかにどんな動物がいるのですか?」

「主に育てているのは牛ですが、ほかに馬と鶏がおります。鶏卵は地元の飲食店に卸していて、新鮮でおいしいとご好評をいただいています」

地元の飲食店、新鮮でおいしい、というあたりでミュリエルの目がきらきらと輝いた。彼女はおいしい食べ物を愛している。

食事は体を動かすための栄養でしかないと思って生きてきたジョシュアとは、これも大きな差異だった。

思うに彼女は、生きる力、生命力が強い。

侯爵家に生まれながら、母親を早くに亡くし、妹たちの面倒を見てきた彼女には、その環境を生き抜く必要があった。だが、必然性だけで生き抜けるほどに人生は楽ではない。ミュリエルが与えられた環境で何を嘆くでもなく幸せに暮らしてこられたのは、ひとえに彼女の人間性によるものなのだ。

「陛下、出来立てのチーズを試食させてくださるそうです。行きませんか?」

小さな頭に可憐な帽子、ミュリエルは庇の下で嬉しそうに微笑んでいる。

無邪気に見えても、彼女は人前ではジョシュアを決して名前で呼ばない。王妃として、王を敬う気持ちがあることを周囲に伝えることを忘れないのだ。

わきまえている。だが、ジョシュアとしては物足りない気持ちとてある。

「ミュリエル、牧場内は足元が危ない。私につかまるといい」

すっと左腕を差し出す。彼女がうなずいて、右手を添えてきた。

「ありがとうございます、陛下」

牧場のあとは、果樹園へ向かう。馬車が丘陵を越えて、次なる目的地に到着するころには太陽が高い位置に昇っていた。

ウェイチェット王国でもっとも好まれる果実は、ラズベリーである。育てやすく、寒さにも強い。逆に暑さに弱いため、実がなったあとは速やかに収穫してジャムにするのが一般的だ。

「陛下、見てください。こんなにたくさんラズベリーが採れました！」

　バスケットいっぱいに赤い実を摘んだ彼女が、陽光を受けて立っている。

　最初は一緒に収穫していたのだが、夢中になったミュリエルは果樹園の主人の子どもたちと、奥まったところまで歩いていってしまった。もちろん、護衛の騎士はついている。

「王妃さますごいんだよ。じょうずにラズベリーとれるの」

「わあ、嬉しい。お褒めにあずかり光栄です」

「ねえねえ、おうひさま。あっちにくろいのもあるの。カシスなの」

「まあ、カシスですか？　実っているのを見たことがありません」

「あとで一緒に見に行こうよ」

「はい、ぜひ」

　子どもたちに囲まれる彼女は、小柄で華奢な体躯（たいく）であっても面倒見のいい姉なのだということを感じさせる。せっかくなら、双子も連れてくればよかった。ミュリエルはきっと喜んだだろう。

「さあ、みんな。陛下にもご挨拶いたしましょう。手を振って、元気いっぱいに」

　子どもたちの背をそっとうながす王妃に、

「へいか、いらっしゃいませ！」

「ラズベリーいっぱいあります、へいか！」

「こんにちは、陛下！」

三人の少年少女が口々に声をかけてくる。

果樹園の主人は慌てた様子で「こら！　陛下に対して失礼な！」と声をあげた。

——彼女がいるから、こうして子どもたちから声をかけてもらえるのだ。

すばらしい伴侶であり、すばらしい女性であるミュリエルを誇りに思う。同時に、子どもたちへのあたたかく優しい気持ちがわいてきた。

「ありがとう。これからもたくさんラズベリーを育て、皆においしい果実を届けてやってくれ」

普段より大きな声を出すと、自然と頬が緩む。

ジョシュアには、いつも夜がつきまとっていた。それは彼の黒髪の印象もあるだろう。不夜王という呼ばれ方に引きずられる部分もあったに違いない。

「陛下が微笑んでいらっしゃる」

「ああ、ほんとうだ」

「不夜王が……」

従者、護衛の中からも驚きの声が聞こえていたが、誰よりも自分の変化に驚いたのはジョシュア自身だった。

夏の陽射しを浴びて、ジョシュアは美しい世界を眺める。

そこにミュリエルがいるというだけで、世界は色を変えた。彼女が、冷たく凍ったジョシュアの世界を変えた。

特定の誰かに心を許さぬよう、留意して生きてきた。母を殺され、堕落した父の姿を見て、次なる王として立つために自分を律して生きてきたジョシュアに、ミュリエルの存在はあまりに大きい。

「陛下、暑くありませんか？」

そっと近づいてきた彼女が、小さな両手で帽子の下の顔を扇いでいる。

「そうだな。とても眩しい」

――ミュリエルが。

「今日は快晴ですものね」

帽子を押さえて空を仰ぐ彼女の背中を、今すぐ抱きしめたい。

王妃としてではなく、国のためでもなく、ただミュリエルというひとりの女性を抱きたくてたまらなかった。

・・・・・|・・・・・・・|・・・・・・

——今日はとても楽しかったわ。ジョシュアさまが優しく微笑んでくださったんですもの。

別邸の自室には、湯を張った浴槽が置かれ、侍女たちにドレスを脱がせてもらいながらミュリエルは一日を振り返る。

牧場では新鮮なチーズを試食し、草の香りを堪能した。鶏卵を分けてもらって帰ったので、明朝は卵料理が出るだろう。今から朝食が待ち遠しい。

馬車で丘陵地帯を巡り、不思議な鳥を見て、雲のかたちを指さして。

太陽の下でラズベリーを摘んだ。ジョシュアの笑顔を前に、心臓が壊れてしまいそうなほど早鐘を打っていた。

最後に行ったのは、数日後に引っ越す予定のシャリアディル離宮だ。

西部をまわった理由がミュリエルにもわかる。新居となる離宮を見せてくれたのだろう。遠目にも美しい建物で、周囲を湖と森に囲まれた自然豊かな土地だった。

「王妃さま、どうぞ」

「ありがとう」

白木を磨き上げた浴槽に足をつけ、ミュリエルは体を沈める。

王宮ではないのに、今夜の湯にはラベンダーオイルが落としてあった。侍女たちの細やかな気遣いには、何度も感動する。

「今日はたくさんラズベリーをもらってきたので、皆もジャムになったら召し上がってね」

「ありがとうございます。嬉しいです」

　年若い侍女が、喜びの伝わる明るい声で返事をした。

　ラズベリーは生で食すのもミュリエルは好きだが、人によってはあの酸味を好まない場合もある。保存のためにも砂糖で煮詰めておくのがよい。

　──でも、王妃が果樹園でラズベリーをそのまま食べていたというのは、あまりよろしくないことかもしれないもの……

　心残りは、新鮮なラズベリーをすぐに食べられなかったことだ。

「王妃さま、本日は陛下が王妃さまの寝室にいらっしゃるそうです」

「え？　陛下が？」

　思わず声が高くなる。彼の寝室に招待してもらうことはあるけれど、別邸に来てからジョシュアがミュリエルの寝室で眠ることはなかった。一度、彼が衣装部屋に忍んでいたのは覚えている。

　──あのときの続きを、ジョシュアさまも考えてくださっているのかしら。

　思い出すだけで、体の芯が熱くなる。入浴中の火照りとは異なる、甘やかな熱だ。

　彼に触れられると、ミュリエルの体は温められたチーズのようにとろりと輪郭を失っていく。

　それは心も同じだった。

　体で結ばれるというのは、どんな感覚なのだろう。

医官の話から察するに、体の中に彼を迎え入れることだ。そして、それには痛みが伴うという。

——わかっているわ。ジョシュアさまに触れられると、体の内側に疼きがある。わたしの体が、ジョシュアさまを欲しているということなのね。

最後までいたしていなくともあれほど気持ちよくなってしまうのだ。彼と結ばれたら、自分はどうなってしまうのか。

手を、唇を、肌を、心を、重ねていく。

夫婦になるのは神の前で誓うだけではなく、もっともか弱い部分でつながりあうことなのかもしれない。

——ジョシュアさまが、わたしの幼さを懸念していらっしゃるのなら、もっと大人っぽくならなくては！　いつまでたっても白い結婚のままなんてイヤだわ。わたしは……

彼の、ほんとうの妻になりたい。ミュリエルは心から願う。

そして同時に気づくのだ。思っているだけでは、誰にも伝わらない。伝えたい相手はただひとり。ジョシュア・ウェイチェット・ランブリーその人だ。

ラベンダーの香りが、寝室いっぱいに広がる。衝立では覆い切れない香りをまとい、ミュリエルは覚悟を決めた。

「火事のあった日に着ていたナイトドレスを準備してもらえるかしら」

瀟洒なレースの、露出が多いあのドレス。

自分で自分の背中を押すために、今夜こそあのナイトドレスを着るのだ。

「ええ、ご用意してあります。今夜はそちらをお召しになられるのですね」

察しの良い年配の侍女は、ミュリエルが首肯すると優しい表情で「かしこまりました」とだけ告げる。

どこからともなくジャムを煮る甘酸っぱい香りが、ミュリエルの寝室まで届いていた。厨房はこんな時間にも働く者がいるのだろうか。

髪を拭って水気を払った頃合いを見計らうように、ジョシュアが寝室を訪れる。

彼ひとりだと思っていたけれど、そのうしろからワゴンがついてきた。正しくはワゴンを押す侍女が部屋に入ってきたのである。

ワゴンの銀盆を、侍女ふたりがテーブルに静かに運ぶ。蓋付きの盆とジョシュアを残し、侍女たちが去ったあと、ミュリエルは夫を見上げてガウンの胸元をぎゅっと握った。

「ジョシュアさま、あの」

——自分の気持ちだけを一方的に押しつけるのはダメだわ。今日のお礼も言いたいもの。

「今日はとても楽しかったです。外に連れていってくださり、ありがとうございました」

「王宮での火事以来、きみも自由が少ない生活をしていただろう。せっかく結婚してくれたというのにすまないな」

「いえ、そんな」

ジョシュアはガウンの裾を翻し、さっと長椅子に腰を下ろす。左手で手招きする彼に、ミュリエルは飛びつきたい気持ちをこらえて並んで座った。

「別邸での日々を、ふたりの新婚旅行の代わりにしたいと言っておきながら、お互いに公務が忙しい。せめて、もう少し新婚らしいことをしたかった」

「ジョシュアさま……」

彼がそんなふうに考えて外出に誘ってくれたとは。

ミュリエルの胸は、彼への愛情でいっぱいだった。

「馬車の中は、ふたりきりでしたね」

彼の手に、自分から手を重ねてみる。

重ね合わせたいものは、たくさんあった。心も、体も、この先の人生も。

だから、最初に手を重ねるのだ。ジョシュアは手首を返し、大きな手でミュリエルの手を握ってくれる。

「新婚旅行って、きっとあんな感じなのかなと思っていました」

「……、そうか」

一瞬息を呑んだジョシュアが、安堵した様子で相好を崩す。

――ずっとこの笑顔を見ていたい。

なぜ、こんなに彼のことが好きなのか。自分でもわからなくなることがある。

ジョシュアが初めてミュリエルに求婚してくれた男性だから、というだけでは説明がつかない。彼の美貌も優しさも、聡明さも、好きの理由ではない。

ではなぜ。

――わたしは、こんなにジョシュアさまを好きになってしまった。

「わたし、新婚旅行がなくてもジョシュアさまと一緒にいられるだけでじゅうぶん幸せなんです」

「この程度で満足されては俺が困る」

ぎゅ、と彼が握る手に力を込めてくる。

怜悧な印象のある水色の瞳に、ミュリエルが映し出されていた。彼の目に映る自分は、いつもより美しくあればいい。

「では、ジョシュアさまはどうしたらご満足ですか？」

「俺は」

言いかけた言葉が途切れる。

彼は、不思議そうに首をひねり、何かを考え込む。

目を伏せ、顎に手をやる姿は、ぞくりとするほど蠱惑(こわく)的だ。常日頃より美貌の青年であることは知っていたが、夜闇の中、ランプの火に照らされる艶やかな黒髪がいっそうミュリエルを魅了する。

ゆるりと三十秒は黙考したあと、ジョシュアがふうと息を吐いた。

「駄目だな。考えてみたが、俺もきみがいるだけで満ち足りているらしい」

顎からひたいに手をずらし、彼が前髪をかき上げて困ったように笑う。

その魅力的な表情をずっと見ていたいのに、胸が痛くて思わず体を前に倒して両手で顔を覆った。

「ミュリエル、どうした？」

「う、ジョシュアさまが……あまりにお美しくて……」

「すまない、意味がわからないのだが」

――わたしにもわかりません！

知れば知るほどに、彼の魅力に惹かれていく。

もっと知りたい、もっと近づきたいと思うけれど、ジョシュアにとって自分はそういう存在になれているのだろうか。そんな不安が、常に心の片隅にあった。

だが、彼はミュリエルといることで満ち足りるのだと、とても優しい表情で言ってくれた。

――ほんとうの妻になりたいと思っていたけれど、こうしておそばにいられるだけでいいのかもしれないわ。だってわたしも、ジョシュアさまといるだけでこんなに幸せなんですもの。

「ところで、よければ銀盆の蓋をとってもらえないか？」

「はい。何かおいしいものを運んでくださったんですね。何かしら」

両手で蓋を持ち上げると、今日の果樹園で詰んだ赤く愛らしいラズベリー、みずみずしい桃、オレンジにプラムなどが彩りよく盛りつけられていた。

「わあ……！」

目に鮮やかで、甘酸っぱい香りが鼻腔に広がる果実を前に、ミュリエルは二度、三度と目を瞬いた。

「今日の思い出をふたりでもう一度堪能したかったのだが、どうだろうか」

「なんてステキな夜のデザートでしょう。ジョシュアさま、ありがとうございます」

「喜んでもらえたようで何よりだ」

彼が長い腕を伸ばしてラズベリーをひと粒つまみ上げる。美しい人というのは、爪の先まで美しい。神は一切の手抜きをせず、ジョシュアの造作に心血を注いだのだろう。

形良い爪でつままれた赤い果実を見つめていると、彼はそれをミュリエルの目の前に持ってきた。

「あ、あの、ジョシュアさま……？」

「口を開けてごらん」

――まさか、食べさせてくださるということ？

口を開けて、食事をする。何も不思議のない行動だとわかっているのに、この距離で見つめられていると思うとひどく心拍数が上がってしまう。

小鳥の雛(ひな)のように、純粋に口を開けるのだ。自分にそう言い聞かせ、ミュリエルはわななく唇に力を込めた。

薄く開いた口に、冷たい果実がやんわりと押し込まれる。

「ん……っ……」

ラズベリーは、生で食べる機会が少ない。口の中で押しつぶすと、甘酸っぱい果汁がじゅわりと広がった。

右手で口元をそっと押さえ、ミュリエルはゆっくり味わう。

「おいしいです。とても新鮮ですね」

「きみの、食べている姿は健康的で良い」

「健康的、ですか?」

ジョシュアにも健啖家だと思われているのかもしれない。それは女性としてどうなのだろう。

「この小さな口で」

先ほどまでラズベリーを持っていた指が、ミュリエルの下唇をなぞる。

「おいしそうに食事をするのを見ていると、なぜか心が弾む」

「そ、それはよかった、です……」

彼がじわりと距離を詰めてきた。水色の瞳が近づき、思わず目を伏せる。

今にも互いの唇が重なりそうなほど顔を寄せ、ジョシュアが甘い吐息を漏らした。

「……甘酸っぱい香りがする」

「それは——」

ラズベリーの香りです、と言おうとした唇に、しっとりと彼の唇が覆いかぶさった。

舌先がミュリエルの唇の輪郭をなぞる。くすぐったくて、それでいてもどかしい。もっと彼を味わいたい気持ちが先に立つけれど、くちづけにもまだ慣れないミュリエルは、小さく肩を震わせた。

「香りだけではないな。きみの唇もラズベリーの味だ」

「……っ、はい」

「では次は、桃を試してみようか」

いたずらな口調で、ジョシュアが桃をつまみ上げる。次々に王の手で果実を運ばれ、ミュリエルは恥じらいながら口を開けた。

ひとつ食べるごとに、ひとつキスをする。

繰り返す甘いキスには、いつもと違うかすかな夜の気配があった。

「ああ、果汁がこぼれてしまったな」

キスに蕩けて、次第に何も考えられなくなってきたミュリエルは、彼の言葉の意味もわからない。指腹で喉を撫でられ、びく、と体がこわばった。

「ぁ、っ……」

「せっかくの白いナイトドレスを汚してはいけない。動かずじっとしていなさい」

「は、い」

ジョシュアが口を開き、赤い舌を覗かせる。

何をされるか、わかっていた。わかっているからこそ期待した。

息を呑む喉が、かすかに上下する。

そこにやわらかく温かな舌先が、ねっとりと薄い肌を舐め上げた。

「っっ……、ん、ん……っ」

愛撫されているわけではないのに、おかしな気持ちになる。そう思った矢先、彼の手が胸をやわらかく包み込んだ。

「！ん、ぁ……ッ」

「ずいぶんと薄い布でできている。ミュリエルは結婚前からこういうものを着ていたのか？」

「ち、違……」

彼に見てもらうために――正しくは、彼に求めてもらうために着たナイトドレス。

けれど、確認されるとひどく恥ずかしくなってしまう。レースの胸元は、双丘のかたちがあらわになったデザインだ。色づいた部分は刺繍で隠されているものの、それがいっそう淫猥さを増していた。

ジョシュアの指先が、いたずらに先端をかすめる。

そのたび、腰がひくんと震えた。

「ぁ、あぁ、んっ」

「では、俺のために着てくれたと思っていいのだろうか、我が妃よ」

耳まで赤く染めて、ミュリエルがかすかにうなずく。すると、ジョシュアが喉元に軽く歯を立てた。

「あ、やぁ……ッ」

「ほかの誰にも見せるわけにはいかないな。俺だけのものだ」

体が急に抱き上げられる。ジョシュアの長い脚は、ほんの数歩でミュリエルを寝台まで運んでしまった。仰向けに下ろされ、すぐさま彼の体がのしかかってくる。

「ジョシュアさま……」

「腰を上げてくれ」

ナイトドレスの裾から、彼の手が内腿に触れていた。

おそるおそる、言われるままに腰を浮かせる。するりと下着が引き下ろされ、脚の間がひどく心許ない気持ちになった。

「いい子だ。ミュリエル、今夜こそきみを抱きたい。このかわいらしい体に俺の刻印を――」

両膝の裏をつかまれ、脚が左右に割られる。やわらかな白い布地がめくれ、ミュリエルの下腹部が彼の眼前にすべてさらされてしまう。

「あ、あっ、見ないでください……っ」

「返事は、ミュリエル？」

かすかな抗いを軽くいなし、ジョシュアが鼠径部に舌を這わせる。

とろりとあたたかな舌先が、薄い茂みに分け入った。

「ジョシュアさま、お願い……」

「俺の花嫁、きみを抱いてもいいか？」

「っ……、だ、いて……」

黒髪に指を差し入れる。今にも消えそうな声を合図に、彼は亀裂に舌を埋めた。

「ひぁ……ッ……！」

ぴたりと花芯を探り当てた舌先が、ちろちろと感じやすい部分をあやす。わずかな動きにも、敏感な体が甘くしなり、ミュリエルは高い声を漏らした。

舌が躍るたび、つま先が痙攣する。

最初は小さく動いていた彼の舌が、次第にねっとりと淫花全体を舐め上げるように動きを変えていく。

「ぁ、ああ、ダメ、そんなところ……」

「どこもかしこもかわいらしい。俺を誘う甘い蜜がこぼれてきた」

蜜口に唇をつけ、彼がぢゅう、と音を立てて吸った。

「んっ、あぅ……ッ」

導かれるように、体の奥から媚蜜があふれてしまう。隘路（あいろ）がはしたなく収斂（しゅうれん）し、花芽は早くも屹立していた。

「きみの体は、俺の愛撫を覚えてくれたようだ。今夜は今までにないほど、たっぷりと蜜をしたたらせている」

「や、やだ、ジョシュアさま……」

「何も怖がることはない。優しく愛すると誓う」

大きく膨らんだ胸とは裏腹に、ミュリエルの陰部は子どものようにぴたりと閉じている。彼はそこを舌でほぐし、鼻先で花芽をくすぐってくる。

――前に触れられたときより、体がすぐに反応してしまうの。わたし、こんなに脚を開いて、なんて恥ずかしい格好を……

だが、快楽がミュリエルの脚を開かせる。

蜜に濡れた粘膜は、彼の与えてくれる悦（よろこ）びを欲してみだりがましくひくついていた。

彼の舌先が、包皮の内側にかかった。

「ひ、あ、あっ」

つるりと剥き出しにされ、空気に触れた花芽がひりつくほどに感じている。そこを甘噛みされて、腰が跳ねるのを止められない。

「やっ……、か、噛まないで、あ、ああっ」

泣き声をあげると、彼はそのまま唇をすぼめて強く吸い上げる。同時に舌でつつくように愛でられると、ミュリエルは全身が震えるほどの快感に襲われた。腰の奥がぎゅうと引き絞られ、感覚は花芯に集中する。

「ああッ、ぁ、あ、やぁ……ッ、イク、イキます、あっ、もぉ、ダメぇ……！」

こわばりに震える指先と、ガクガク震える腰。つま先がぴんと伸ばされたあと、かくりと寝台の上に力なく落ちる。

――こんな、すぐに……

わずかな時間で達してしまった。

快楽にともなう涙が、つうと眦(まなじり)からこぼれ落ちた。

「ミュリエル、怖いのか？」

心配そうな、それでいて否定されることを信頼しているような声に、ミュリエルは弱く首を横に振った。

「こわく、ありません……。ジョシュアさまに、なら、わたし……」

「そう言ってくれると信じていた」

彼は甘やかに笑まうと、ミュリエルのナイトドレスを慎重に脱がせる。

若く実った豊満な乳房が、ぷるんと姿を表した。以前は、発育の良すぎる胸を恥じらっていた時期もある。しかし、ジョシュアはこの体を美しいと言ってくれた――

「わたしの、体……」

シーツに指を食い込ませ、ミュリエルは愛しい夫を見上げる。

「おかしくありませんか……？」

「何もおかしいところはない。細い腰も、やわらかな肌も、それにこの愛らしい胸も、すべてが美しい」

ジョシュアが体の位置をずらし、ミュリエルの腰を浮かせて脚の間に膝立ちになった。

互いに生まれたままの姿になると、彼の熱り立つ劣情が目に入る。

――あんなに大きなものが、わたしの中に……？

先日、先端に手で触れた。彼の吐精も受け止めた。

だが、体の中に受け入れるとなるとあまりに大きすぎる。

情欲を漲らせ、太い幹には血管が浮いていた。先端は反り返り、透明な雫に濡れている。いつも冷静で清冽な印象のジョシュアの体に、こんなにも獣のような一部があることが不思議なほどだった。

「俺は、どうだ？」

「え……」

「きみが初めてなのと同じく、俺も欲望を晒すのは初めてだ。ミュリエルを求めて、ひどく欲情している。俺はこのまききみを奪って許されるのか？」

雄槍が、ミュリエルのか弱い間をゆっくりと往復した。

「んっ……、ジョシュアさま、わたし……」

ぬる、ぬちゅり、とふたりの感じやすい部分がこすれあっている。ひどく熱を持ち、互いを求めて濡れる体。

「わたし、わからないんです。ただ、あなたがほしくて、ジョシュアさまにもっと近づきたくて……あ、あっ……」

「ミュリエル……」

切っ先が、蜜口に引っかかる。彼の先端がわずかに隘路にめり込んで、ミュリエルは背をしならせた。

──もっと、もっと奥までジョシュアさまがほしい。

「我が妃よ。きみを俺だけの女にする」

「ぁ、ああ、あッ、ジョシュアさま……っ」

ぐっ、と腰が押しつけられる。

たっぷりと慣らされた体は、彼の劣情を受け止めてやわらかく包み込む。

「っっ……ぁ、あ、あ、はいって、くる……」

自分の体の中に他者が入ってくるという、得も言われぬ違和感。言葉にできない奇妙さと、若く健康な体にたまりかねた焦燥感が、同時に湧き上がってきた。

「ああ、狭いな」

「ジョシュア、さま……」

「きみの中はこんなに狭いのか。俺を食いしめて、奥へと誘っている」

浅瀬を短く往復しながら、彼がひと突きごとに奥へと腰を進めてくる。半分ほど入ったところで、彼は上半身を倒してミュリエルの体に覆いかぶさった。

「ひぁんっ……！」

「まだだ」

顔の両脇に手をついて、彼がさらに腰を推し進める。

「は……っ、ぁ、あ、ジョシュアさま、が……」

──わたしの中に、こんなにも熱く太く、その身をあずけてくださっている。

何度も彼に抱きしめられた。くちづけもかわし、ミュリエルからも抱きしめ返してきた。けれど、それとはあまりに違う。

これまでの人生で感じたどんな感触とも異なる、粘膜を内側から押し開かれる、この感覚。

「んぅ……っ……」

ず、ずぐ、と腰の内側を抉られ、ミュリエルは無意識に腰を逃がそうとした。それをジョシュアが追いかけてくる。

「ああ、ミュリエル、もう少しで……」

「ジョシュアさま、お願い、もう、わたしを——」

すべて、奪って。

あなたで満たして。

まだ触れられてもいない最奥が、痛痒にも似た焦れったさを感じていた。彼に突き上げられるその瞬間を待ち望む、初めての体。破瓜の証である赤い血をひと筋したたらせ、ミュリエルは愛しい人の首にしがみついた。

「ひ、ぅ……っん、あ、あっ、ジョシュアさま、ジョシュアさま……っ」

ふたりの腰と腰が、これ以上ないほどに密着する。

亀頭が深くミュリエルを穿ち、彼のすべてを隘路が包み込んでいる。

「全部入った。これできみはもう俺の女だ、ミュリエル」

妻よりも妃よりも、女という言葉に体が馴染んでいく。こうしてジョシュアを受け止められるのは、ミュリエルが女になったからなのだ。これこそが、夫婦の営みであり純潔を失うことである。

痛みは、はっきりとわからなかった。

彼が優しかったおかげなのかもしれないし、痛みよりも快感がまさっていたということなのかもしれない。

——なのに、どうして？

頬に涙が伝っていく。彼と結ばれて嬉しい。やっとひとつになれた。その想いとは別に、ミュリエルは子どものようにしゃくり上げていた。

「ミュリエル？」

気遣う優しい声に、返事ができない。

ひっくひっくと泣くたびに、彼のものをきつく締めつけてしまう。

「どうした、怖かったか？」

大きな手がミュリエルの頭を撫でて、心を込めて抱きしめてくれている。

「わ、たし……」

体は、彼のほんとうの妻になった。

心はとうに、ジョシュアに奪われている。

「わたし、ジョシュアさまのことが、好き、なんです……」

涙ながらに伝えると、埋め込まれた雄槍がびく、と鎌首をもたげた。ミュリエルの中で、ひとまわり膨らんだように思う。

「好き、好きです、ジョシュアさま」

「……そんなかわいいことを言わないでくれ」

痛みをこらえるのに似た声で、彼が苦しげに吐き出した。

「優しくできなくなる。きみを傷つけても、俺の欲望を叩(たた)きつけてしまいそうだ」

「いい、の……」

涙目で見上げた愛しい人は、眉間にしわを寄せている。ひたいには薄く汗をにじませ、ミュリエルのために理性で戦ってくれているのが伝わってきた。

「ミュリエル?」

「いいんです。だってわたしは、ジョシュアさまの妻ですもの」

首にすがりついていた腕を緩め、彼の精悍(せいかん)な頬にそっと触れてみる。

ジョシュアは一瞬、泣きそうに顔を歪めた。

けれど次の瞬間、嵐のようなキスでミュリエルを覆い尽くす。

「ん、んぅ……ッ」

密着していた腰が、わずかに離れた。蜜路を埋め尽くしていた太幹が引き抜かれる。蜜口に、亀頭のくびれが引っかかったと思うと、返す刀で彼は最奥まで突き上げた。

「っっ……！　ひ、ぅううッ……」

「もう、無理だ。ミュリエル、ミュリエル……」

突如、ジョシュアは欲望の封印を解く。

──ああ、これがジョシュアさまの……

「あッ……、あ、あ、ああっ」

激しい抽挿に、ミュリエルは波間を漂う小舟のように翻弄されるばかりだ。

「どうしようもなく、きみがほしい」

「ジョシュアさま……ッ、ん、ぅ……」

あふれた蜜に、うす赤い破瓜の血が混ざる。ふたりのつながる部分で、穿たれるたび蜜が飛沫になった。敷布にいくつもシミを落とし、ジョシュアが劣情のすべてを叩きつけてくる。

「ひぅ……ッ、ん、そんな、奥まで……っ」

「もっとだ。もっときみの奥まで教えてくれ」

「ああ、ぁ、ジョシュアさま……」

最初はぎこちなく受け止めていただけの体が、いつしか彼の作る律動に合わせて腰を揺らしはじめる。より深く、より強くつながるために。

「中、すごいの、熱いぃ……っ」

ミュリエルはジョシュアの背に手を回し、こらえられない逸楽を逃そうと爪を立てる。

「は、ぁああッ、ぁ、奥まで、いっぱい……ジョシュアさまでいっぱい……っ」

「苦しいか？」

金糸の髪を波打たせ、ミュリエルは首を横に振った。

初めては痛いものだと医官は言った。しかし、ミュリエルは彼を受け入れる喜びと、同じくらい強い悦楽に唇をわななかせる。

「好き、ジョシュアさまが好き……っ」

「は……ッ、ミュリエル……」

亀頭がさらに張り詰めた。今にも破裂しそうなほどに膨らみ、彼はそれを子宮口に打ち付けてくる。

寝台の上には、淫らな黒髪の獣が腰を揺らす。

「きみを俺だけのものにしても、まだ足りない」

逞しい肉体を存分に駆使し、ジョシュアはミュリエルを突き上げながらせつなげな吐息まじりに告げた。

「もっと深く抱きたい。もっときみを独占したい。きみの奥に、俺のすべてを放ちたい」

「して、ください。わたしを全部、ジョシュアさまのものにして……っ」

自分の中に、こんな淫らなことを言う自分がいたと初めて知る。だが、ほんとうにそうだろうか。彼に抱かれたいと、ほんとうの妻になりたいと思っていたときも、こうして貫かれることを願っていたのかもしれない。

——そばにいられるだけで幸せ。でも、知ってしまったら戻れないわ。こんな幸福がこの世にあると、わたしは知らなかった。

「ぁ、ああ、やッ……、また、おかしくなっちゃ……あ、あっ、ん！」

唇がキスで甘く塞がれる。

彼の腰は止まらない。ミュリエルは突き上げられて、幸福と喜悦のめまいを感じながら、ジョシュアにすがりついた。両腕で、そして濡れた粘膜で。

「ん、んんっ……！」

最奥にめり込む彼の劣情が、内臓を押し上げてくる。

脳天まで貫く稲妻のような佚楽に、全身がぶるっと震えた。

体の外側を愛されるのとは違う。内側からの刺激で、ミュリエルは新たな悦びの果てを知る。花芽での絶頂はひりつく快楽の糸を引き絞られる感じがあった。しかし、結合による愉悦はそれとも異なる。

どくん。

彼の太幹に浮かぶ血管が脈を打つ。

初めて触れる隘路が、本能でそれを察していた。

「く……ッ、きつい……」

薄いまぶたで水色の瞳を隠し、ジョシュアが熱っぽく唸る。

「気持ちぃ……ッ、ぁ、あ、ジョシュアさま……ッ」

きつくきつく抱き合うふたりの浅い呼吸に、夜が濡れていた。

「ミュリエル……ッ」

切羽詰まった声に名を呼ばれ、ミュリエルの隘路がきゅう、と引き絞られる。彼の愛情を搾り取ろうと、慣れない粘膜が蠕動(ぜんどう)した。

「あ、ああ、んっ……、ダメ、イッちゃう、イク、イクぅ……ッ！」

寝台の上、ミュリエルは四肢をこわばらせる。下腹部に埋め込まれた彼のかたちに、全身が収縮していく。

「ああ、俺も——」

子宮口にぴったりとあてがわれた先端が、びゅくと熱いものを放った。

達している最中だというのに、その飛沫でさらに快感が増す。

「ひぅッ……！　ん、んっ……！」

——これがジョシュアさまの……

吐精しながら、彼はさらに腰を打ちつけてきた。

「や……ッ、もぉ、動くの……」

「最後まで、すべて注がせろ。受け止めるんだ」

いつもの何にも動じないジョシュアの声ではなかった。彼もまた、快楽に溺れている。

逃がさないとばかりに強くミュリエルを抱きしめて、とうに果てた体をさらに貪る愛しい男。

「んんっ……、ん、ふぁ……ッ」

最後のひと突きと同時に舌を強く吸い上げられ、ミュリエルは意識を手放した。

・・・・・|・・・・・・・・・・|・・・・・・

不吉は、突然やってくるわけではない。

ジョシュアは、幼いころからそれを知っていた。

はじまりは、母の生まれ育った国が大陸内の戦争に負けたことだ。

今でこそ平和な日々が続いているが、二十年ほど前、大陸は戦火に呑まれていた。その中心となっていたのが、母の故国だった。

すでに、その国に名はない。

失われた王国。

国としての存続すらできないほどに、かつての大国は狂気に走った。

母は嫁いでから、ほとんど故国には帰っていなかったらしい。ウェイチェット王国にとっても、母の生国は危険な存在だったからだ。

その国は、強い思想と莫大な資源を保持していたと聞く。一時はかなりの隆盛を誇ったが、もとから他国と協力する考えに欠けた存在だった。

母が嫁いできた時期は、ジョシュアがのちに学んだ史学から判ずるに、おそらく亡国の大きな力に翳りが見えはじめたころだろう。ウェイチェットを味方につけることを狙った婚姻だったものの、この国は倒れる大木を支えることはしなかった。

その木を切り倒すことで、多くの国が潤うことがわかっていたからだ。

育ち過ぎて他国の栄養を奪う国は、いずれ終わりを迎える。そういう判断だったことは、当時の大陸内会議の資料からも読み取れた。

すべては生まれ、栄え、いずれ衰退し、滅びる。

国においてもその宿命は適用されるのだ。

戦争に大敗したからといって、必ずしも国がなくなるわけではない。かの国は、それ以前に内乱を繰り返した結果、王族と呼べる存在が極端に減っていた。その上に戦争責任が問われ、残っていた王族は命を落とし、ついに国名がなくなることが決定した。

領土と国民は他国の配下に置かれたが、一部の強硬派は国を存続させることに躍起になった。そこで、他国に嫁いだ王族たちに白羽の矢が立ったのだ。その中にジョシュアの母であるウェイチェット王国の王妃がいた。

母が二人目の子どもを懐妊したことが判明すると、王宮内はひどく揺れ動いた。ジョシュアにも亡国の血は流れているが、ウェイチェット王国の玉座につく約束の男児である。では、もし次に生まれるのがまた男児だった場合は？　亡国の残党が、その子どもを王にまつりあげようとするのは明白だ。

生まれた子は、妹だった。マリエが生まれてから、しばしの穏やかな日々が訪れたが嵐の前の静けさだ。いつも、どこかに不吉の種が隠れているような生活だったのを覚えている。

ジョシュアが十歳、マリエが四歳の春。

ある夜、母が慌ただしく寝室にマリエを連れてやってきた。

「お母さま、どうしたの?」

目をこするジョシュアに、母が紙のように白い顔で眠る妹をあずけてくる。

「ジョシュア、今からお母さまが迎えにくるまで寝台の下でマリエと隠れていてちょうだい。いうことを聞けるわね?」

鬼気迫る母に、何も言えずにうなずいた。深夜に起こされた十歳の王子には、このあと母にどんな危険があるかなどわかるはずもない。

「愛しているわ、ジョシュア」

細い指がジョシュアの黒い髪を撫でる。

「お母さま、愛してる」

これまで、考えたことがなかった。愛していると言われたら、愛していると応じる。ただそれだけの、決まりきったやり取り。

母は、最後の会話を終えるとガウンの裾をひるがえして寝室を出ていった。寝台の下からその姿を見送ったジョシュアは、すやすやと眠る妹を見守りながら時間が過ぎるのを待つ。

——お母さまが迎えにくるまで、ぼくがマリエを守らなきゃ。

何が起こっているかはわからずとも、いつもと違う夜だということは肌にぴりぴりと感じている。

眠い目を必死にこじ開け、息を殺して寝台の下で過ごす時間は少年の心に大きな影を落とした。

母が去ってからどのくらいの時間が過ぎただろう。

廊下を走る硬い靴底の足音。それに続いて、侍女の悲鳴が響いた。

——ぼくは、ここから出ない。マリエを守る。お母さまと約束したんだ。ここに隠れているって……。

しかし、母は二度と迎えにくることはなかった。

侍女の悲鳴は、王妃が殺されているのを見つけたためである。

無事を確認するためにやってきた護衛兵と侍女の呼びかけにも、ジョシュアは決して答えなかった。約束は、母が迎えにくるまで隠れていること。だから、ほかの誰かを信用してはいけない。

何度目かの呼びかけに、幼いマリエが目を覚ました。いつもの寝台ではなく、暗い寝台の下に寝かせられていると気づいて、妹が泣き出す。その声で、ふたりの居場所が明かされてしまった。

「ジョシュアさま、マリエさま！」

半泣きの顔で床に膝をつき、手を伸ばしてくる侍女の顔を今も忘れられない。

亡国の王家の血をひくふたりが、連れ去られてしまった可能性も示唆されていたのだろう。

美しかった母は、無残に喉から胸を切り裂かれて死んだ。赤い海が寝台の白い敷布に広がっている。なぜ母は逃げなかったのか。逃げた先が寝台だったのか。

あるいは、逃げないことで子どもたちを守ろうとしていたのか。

答えは誰も教えてくれない。その真実を知るたったひとりの人は、もうこの世から消えてしまった。

そして、まだ幼かったジョシュアとマリエを守ってくれるべき父は、愛した女性の死ですべてを放棄した。王たる生き様も、父としての愛情も、なんの役にも立たなかったのだろう。

母の死は、父の死でもあった。


あれから十と七年のときが過ぎ、今もまだジョシュアは寝台の下で眠る人生を生きている。

ひとつだけ大きく変わったことといえば、ミュリエルという伴侶を得たことだ。

金色の髪が、ランプの中で揺れる炎に合わせてきらめく。まだ若き王妃は、寝台の白い敷布に身を投げ出し、いたいけな寝姿をさらしていた。

夏用の上掛けをそっと肩口まで掛け直すと、彼女がふにゃりと嬉しそうな顔をする。眠っているときでさえ、ミュリエルは愛らしい。

――変化は、悪いことではない。

自分に言い聞かせてみるが、やはり寝台の上で目を閉じても眠りは訪れなかった。

以前にも一度、ミュリエルとともにこうして寝台に横たわって夜を過ごした。彼女の健やかな寝息を聞いていると、自分にも優しい睡魔が寄り添ってくれるのではないかと期待したが、染みついた習慣はそう簡単に抜けるものでもないようだ。

「ふふ……、ジョシュアさま、そっちは壁ですよぉ……」

うにゃうにゃとミュリエルがろれつが回らない様子で寝言を口にする。

――壁？　俺は彼女の夢の中でいったい何をしているのやら。

細い指が何かを探すように動き、ジョシュアの胸元に触れると頬をすり寄せてくる。純潔を奪われてなお、この娘は純真無垢なままだ。

ミュリエルを起こさないよう、そっと抱き寄せた。

世界でいちばん壊れやすい卵を腕に抱く。彼女はまさに、ジョシュアにとって希望の卵だ。

――ミュリエルがいれば、俺は間違うことなく王をまっとうできる。彼女の瞳を曇らせないことが、人としての正しさなのだろう。

それにしても、とジョシュアはため息をついた。

どうしようもなく可憐なことはわかっているが、みぞおちにあたる彼女の乳房はあまりに豊満である。こんなやわらかく魅惑的なものを押しつけられ、おとなしく眠っていられるかと問われれば——当然、否だ。

下腹部に集中する血液を感じながら、ジョシュアは目を閉じる。

眠りはまだ、彼に寄り添ってはくれない。硬く暗い寝台の下でなければ、安心できないだなんて体が大きくなっても子どもじみた悪癖だ。自分でも痛いほど自覚していて、それでも改善できない。なるほど、悪癖とはそういうものなのだろう。

上掛けの下、ミュリエルは小さく身震いして両脚でジョシュアの太腿を挟んだ。無意識にぬくもりを求めるのは当然だと知りながら、彼女の鼠径部に半勃ちの劣情が触れると妻の安眠を妨害したい欲求が高まってくる。

ほんの数時間前に、処女を脱ぎ捨てたばかりのミュリエルに無理をさせたくはない。

ジョシュアは目を閉じたまま、彼女の隣で息を殺す。

ただ、彼女が自分のそばで幸せそうに笑ってくれる明日のために。

……‖……・……‖……

「今度こそ間違いなく！」

ミュリエルは、勢い込んで身を乗り出す。座っていた椅子が、がた、と前に傾いた。

「おめでとうございます。お体はいかがですか？　出血が続くですとか、痛みが残るですとか、何かあるようでしたら遠慮なくご相談くださいませ」

医官が落ち着いた様子でうなずく。

二日後にはシャリアディル離宮に移動をするため、別邸で暮らす王妃の健康状態を確認しにやってきたのだ。

「あの、それなんだけれど」

声をひそめたのには理由がある。

人払いしてある室内で、ミュリエルは右手を口の横に添えた。

「痛みは特にありませんでした。それはおかしいことなのでしょうか……？」

初めての夜、覚悟した痛みは訪れなかった。それどころか、さんざん気をやってしまったほどだ。

――わたしの体はおかしいのかしら。

「もちろん人によって異なりますので、必ずしも痛みや出血があるわけではございません。王妃さまにおかれましては、陛下の愛が勝ったということになりましょう」

「まあ！　では陛下のおかげだったのですね」

いざ至ってみると、先だって学んだ作法はあまり役立つものではなかったことがわかる。それでも、知らないままでは恐れおののいていたかもしれない。

園での作法というものは、皆いったいどうやって学ぶのだろうか。

なんにせよ、体調にも問題なくミュリエルはシャリアディル離宮へ移動する準備にとりかかる。自分で荷造りすることはないが、王宮へ出向いて運び出す荷物の確認をし、最終的に決定するのはミュリエルの仕事だ。

貧乏貴族の娘とはいえ、ミュリエルは貴族令嬢として育ってきた。

貴族の娘の多くは、嫁いだ家で女主人として家を切り盛りする役割を持つ。そのために、幼いころから将来を見据えて使用人への態度や、茶会、食事会の仕切り、家財の取り扱いについて学んでくる。

――まさか王と結婚することになるなんて、思いもしなかったけれど。

王宮で王妃になるための勉強をしていたころから気づいていたが、王妃と女主人は似て非なるものだ。それでも、自分の管理する範囲のことを責任を持って対処していくことに違いはない。

「ミュリエルさまも王宮に行かれるのですか?」

馬車の準備が整うのを待っていると、マリエが涼しげなまなざしで声をかけてくる。

彼女も外出着で、侍女たちを連れていた。

「はい。マリエさまもでしょうか。もしよろしければ、馬車をご一緒しませんか?」

ジョシュアに似た顔立ちのマリエは、一瞬詰まってすぐに「ぜひ」と目に力を込める。声をかけてよかった。彼女とは、もっと親しくなりたい。

馬車に乗ったふたりは、なんとなく緊張していた。

ミュリエルが緊張するのは当然だ。マリエには先日も、ジョシュアといる姿を見られて気恥ずかしい思いをした。

――そういえば、キースさまのことって……

「ミュリエルさま」

「は、はいっ」

窓の外に目をやって、美しい王女が小さく呼びかけてくる。

「ミュリエルさまのようになるには、どうしたらいいのでしょう」

「わたしのように、ですか？」

「ええ。素直で愛らしくて、優しい女性です」

それが自分をさす形容に思えず、ミュリエルはぽかんと口を開けそうになった。いけない、これは王妃として人前でさらす表情ではない。急いで口を引き結び、黒髪の美しい義妹をじっと見つめる。

「マリエさまはとても魅力的な方です。美しさも聡明さも、それから優しさも兼ね備えていらっしゃるではありませんか」

「……優しくないです。いつも意地っ張りだと言われていますから」

年上の義妹は、普段と違って拗ねたように唇をとがらせる。こうしていると、彼女も年齢相応の人物なのだと伝わってくる。

――ああ、そうだわ。ジョシュアさまだって、はじめは表情が読めなくて少し怖いと思うところもあった。マリエさまも同じで、不器用でいらっしゃるのかもしれない。

「お優しいです。わたしの妹たちにも気を遣ってくださっているのを知っています。あの子たちも、マリエさまのことが大好きなんですよ」

「ほんとうに？」

「はい、ほんとうです」

薄く頬を赤らめ、マリエがこちらに顔を向ける。

「では、ミュリエルさまはどうやってあの兄と恋愛を営んでいるのですか？」

「い、いとなんで……⁉」

「お恥ずかしい話ですが、わたしはどうにも恋愛気質ではないのです。想う相手はいます。ただ、彼はいつもわたしをからかうばかりで、愛情がないとは思いませんが、それが友愛なのか恋愛なのか判別できないのです」

――もしかしたら、そのお相手というのは……

「キースさま、でしょうか？」

問いかけたミュリエルに、マリエが一瞬で顔を真っ赤にした。

「な、何を、わたしがキースのことなんて、そんな、その……」

──ああ、かわいらしい！　マリエさまを見ているといつも美貌にばかり目が行ってしまうけれど、こんなにかわいらしい方だったのね。

ミュリエルは、がたごとと揺れる馬車の中で義妹の手をぎゅっと握る。体温の低い、ひんやりとした手だ。

「わたし、ぜんぜん恋愛に関して詳しくはないのです。でも、マリエさまのお話を聞くくらいならきっとできると思います。もしよろしければ、いつでも聞かせてください！」

「〜〜〜〜っっ、ですから、恋愛だなんて申してません！」

「はい！」

「わ、わたしはただ、キースが結婚してくれとうるさいので困っているだけですっ」

「えっ、求婚されているんですか⁉」

白い結婚で国を守った王女と、彼女を幼いころから思い続ける騎士。

そんなふたりを想像すると、昔母が気に入っていた伝説の恋物語を思い出す。

「ミュリエルさまこそ、シャリアディル離宮に暮らすようになったらかわいい妹さんたちになかなか会えなくなるのではありませんか？　まだあんなにお小さいのに、お姉さまと会えなくなるだなんてかわいそうだと思いませんの？」

語調がきつくなったマリエに、普段ならきっと「嫌われているのかしら」なんて不安になるだろうが、今は照れ隠しだとすぐにわかる。それに、彼女はミュリエルの双子の妹をとても気にかけてくれているのだ。

「ご心配をおかけして申し訳ありません。実は、陛下のご厚意で妹たちが滞在できる部屋を離宮にご用意いただきまして、社交界シーズンは妹たちを呼び寄せる予定でいます」

ミュリエルだけではなく、家族のこともジョシュアは考えてくれている。

「……ひどい。わたしには教えてくださらなかったのですね」

恨みがましい目をするマリエに、ミュリエルは明るく笑いかけた。

「うちの妹たちはマリエさまのことが大好きなので、もしよろしければお時間のあるときに遊んでやっていただけますか？」

「ええ、もちろんですわ」

先ほどまでの頬の紅潮も落ち着いて、マリエはつんと顎をそらす。けれど、彼女の口元が緩んでいるのをミュリエルは見逃さなかった。

ジョシュアに嫁いでそろそろ二カ月が過ぎる。

夫も義妹も、義妹の求婚者も、皆いい人ばかりだ。ミュリエルは、ほんとうに幸福な結婚をしたとあらためて感じ入っていた。

・・・・・┃・・・・・・・・・┃・・・・・

夏が終わり、秋が緑の王国をゆるりと包みにかかった。

空は高く澄み渡り、渡り鳥が群れをなして飛んでいく。雲のない空を鳥たちが横切るさまを見ていると、生まれ育った国に暮らしているというのにどこかへ帰りたい気持ちになるものだ。

どこか、どこか、いつか帰りつくどこかへ帰りたい。

湖に囲まれたシャリアディル離宮に来たその日、ミュリエルはジョシュアといっしょに空中庭園と呼ばれる広いバルコニーに出た。

庭園と呼ばれるだけあって、緑に囲まれている。ミュリエルの実家の寝室くらいの面積があり、かわいらしい大理石のベンチとテーブルが置かれていた。

「ここは、人が住んでいない間もずっと手入れをしていたんでしょうか？」

切りそろえられた植物の葉にそっと触れて、ミュリエルは夫を見上げる。

「一応、王家の所有する建物だからな。毎年管理費を計上し、年に数度は大掃除をしている」

「古い建物を大切にするのは良いことですね」

夕暮れ前の、静かな時間。

離宮の四階部分にある空中庭園からは、辺り一面を見渡せる。

建物を取り囲むような湖には、離宮が映り込んでいた。自分たちも映っているだろうかと、ミュリエルは手すりから少し身を乗り出す。すると、すぐさまジョシュアが背後から抱きとめた。

「そんなに身を乗り出して、落ちたらどうするつもりだ」

「ちょっと覗くだけですよ？」

「かわいい妻には、少しの危険もあってほしくないというのはわがままだろうか」

ほんとうの夫婦になってからというもの、ジョシュアの雰囲気が変わった。言葉の選び方から、態度まで。もともと優しい人ではあるけれど、今は完全に甘い夫のそれである。

――そういえば、荷物を運び入れていた者たちも、ジョシュアさまを見て言っていたわ。

王宮から馬車で運んできた荷物を、王宮の使用人たちが離宮内に運び入れる。ジョシュアとミュリエルは、休憩時間に合わせて食事や菓子、飲み物をのせたワゴンとともに彼らのところに挨拶に出向いた。

「皆、よく働いてくれた。このあとも作業は多いが、よろしく頼む」

王自らの言葉に、使用人たちが深く頭を垂れる。

ジョシュアが、騎士団長と副団長に呼ばれて何かを確認に行ったあと、ひとり残ったミュリエルは使用人たちの声を聞いた。

「陛下はご結婚されてから、ずいぶんお優しくなられた」

「いや、以前からお優しい方ではあったぞ。ただ、表情が違う」

「そうだ。あんな穏やかでやわらかい表情の陛下は初めて見たからな」

清冽で怜悧な美貌は、ときに人に冷たい印象を与える。ジョシュアはただ優しいだけではなく、厳しい判断も下す王だ。それが相まって、ジョシュアは今まで彼本来の優しさが周囲にはっきりと見えていなかったのかもしれない。

だが、今は違う。

彼のまとう空気がやわらかくなったと、ミュリエルも感じている。

「ミュリエル」

優しく名を呼ばれ、彼を振り返る。

水色の瞳が甘やかに細められた。彼はそっと唇を重ねると、ミュリエルの背中を手のひらで撫でる。

「今夜からは、また寝室をともにしよう」

別邸では緊急性を重視し、一応寝室は別にしていた。警備の面で、王宮にいるときのように万全を期すことができなかったからだ。

「明日はシェリルとクローイを招待している。王都と違い、ここなら外出や買い物に出るのもいいだろう」

「ジョシュアさまもご一緒に行かれませんか?」

移転には、多くの人員を割いた。ジョシュアも、公務をこなしながら必要な書類に目を通したり、署名をしたりと、忙しい日々を送っていたのは知っている。たまには、のんびりと出かけられないだろうか。

「すまない、謁見をいくつか延期していた兼ね合いで、明日は外出するほどの時間はない。だが、きみたちは楽しんできてくれ。夜にでも、話を聞かせてもらえるか?」

「わかりました。珍しいものを見かけたら、お土産を買ってきますね」

どちらからともなく、唇を重ねて。

——これが、離宮での初めてのキスだわ。

ミュリエルは目を閉じ、幸せを胸いっぱいに感じていた。

……………|……………|……………

「本日はお招きいただきありがとうございます」

「感謝の気持ちを込めて、よろしければお菓子をもらってください」

ほんのしばらく会わなかっただけなのに、双子のシェリルとクローイが大人っぽい挨拶をする姿を見て、ミュリエルは目を瞬いた。

——家庭教師の先生のおかげかしら。こんなにしっかり挨拶ができるだなんて。

親バカならぬ姉バカではあるが、双子が礼儀作法を身に着けていることに感動する。

「いらっしゃい、おふたりとも。今日はわたしも同行させていただきますね」

澄んだ空色のドレスを身にまとうマリエが、同じ布でできた日傘を手に微笑んだ。

「「マリエおうじょさま！」」

妹たちは王妹のもとへ駆け寄る。まだまだ作法は学ぶことが多い。

「はいはーい、キースお兄ちゃんもいますよー」

茶色い巻き毛を風に揺らし、騎士団の団服を着たキースが軽く右手を挙げた。今日の護衛に同行するという。

「キースおにいさん……？」

シェリルが首をかしげ、クローイはマリエのドレスに隠れる。ふたりの性格の差がはっきりとわかる行動だった。

「怖がらなくてもだいじょうぶですよ。あのあやしげな騎士は、危険がないよう護衛をしてくれるのです」

——マリエさま、あやしげだなんて！

求婚者に対してずいぶんな言い方にも思うけれど、ふたりの間ではそれも普通のことなのだろう。

「あやしいだなんてとんでもない。俺はマリエ王女のためなら火の中水の中灰の中森の中、なんなら墓場にだってよろこんで推参しますからね」

敬語は使っているし、騎士らしい発言にも聞こえるのだが、やはり彼の言葉はどこか胡乱（うろん）さを兼ね備えていた。

「けっきょく、キースおにいさんはあやしいの？　あやしくないの？」

好奇心旺盛なシェリルが、キースを見上げて尋ねる。その緑色の瞳には、彼への興味がいっぱいに輝いていた。

「キースお兄さんは、いずれマリエ王女と結婚するんだ。あやしいはずがないだろ？」

左目だけを閉じて見せたキースは、どこからどう見ても胡散臭い(うさんくさ)いが、シェリルはキャッキャと笑っている。双子の姉の様子から、クローイもおずおずとキースに近づいた。

「結婚はステキなことだっておねえさまから聞いています」

「ね、家庭教師の先生も言っていたもの」

双子は顔を見合わせて、同時にうなずく。

「そっ、それはそうとして、わたしはキースと結婚なんてしないわ！」

マリエがぷいとそっぽを向いて、腰に両手をあてる。彼女はもしかしたら、元来感情が豊かな人なのかもしれない。双子やキースがいると、ミュリエルの知らなかった面をたくさん気づかせてくれる。

「陛下からも、くれぐれもお嬢さん方に危険のないよう言いつかっているから、今日は安心して西の街を堪能するといいよ」

「「はーい」」

　さて、この面々で出かけるのはミュリエルも楽しみだ。

　――きっと今日はとてもステキな一日になるわ。ジョシュアさまに、お土産も見繕わなくっちゃ！

　馬車に乗って跳ね橋を越えると、女性四人の車内は黄色い声で満たされる。

　離宮から離れるにつれ、マリエは明るい表情になっていく。生まれながらの王族でも、宮殿にいるときは緊張しているのだろうか。

「実は、前回シェリルとクローイが王宮に遊びにきたときに、西の洋品店にドレスを注文していたの。もちろん、ミュリエルさまのぶんもありますわ」

「ドレス？」

「シェリルとクローイの？」

　目を輝かせる双子に、マリエが優しくうなずく。

「あの、マリエさま、妹たちにそのようにお気遣いいただかなくとも……」

　さすがに王妹にそこまでさせるのは心苦しい。ミュリエルが慌てて言いかけると、マリエが言葉を遮るように右手の人差し指を立てた。

「わたしの趣味ですもの。一緒に遊んでいただかないと困ります。わたしね、かわいい女の子が大好きなのです。男はみんなむさくるしいわ。お兄さまだって、いつも怖い顔をしてばかり。

まあ、最近はミュリエルさまのおかげで少し表情がやわらかくなったけれど」

――マリエさまから見ても、そうだったのね。

彼女の言葉にミュリエルは嬉しくなった。

「だから今日は、四人でおそろいのドレスを買って帰りましょう。そうだわ、お揃(そろ)いでお散歩するのも楽しそうね！」

「わあ、ステキ！」

「おさんぽ、大好き！」

遠慮を知らない双子の返答に、ミュリエルは苦笑する。

妹たちを、そしてミュリエルのことを考えてくれるマリエの優しさに、今は甘えさせてもらおう。そう思った矢先――

「ああ、なんてかわいらしいのかしら！　ミュリエルさま、こちらのお帽子も試してみてくださらない？」

「は、はい」

洋品店を貸し切りにした一行は、マリエの指示で準備されたドレスに着替えたり、小物を見繕ったりと、息つく暇もない。双子は楽しそうにしているが、ミュリエルはそろそろ疲れてきていた。靴と手袋を選ぶだけで一時間はかかった。

「うん、こちらのほうが似合うわね。店主、ミュリエルさまにそのお帽子を」

「かしこまりました」

ふう、と小さく息をつく。

銀と白を基調にしたドレスは、四人それぞれに異なるデザインのフリルやレースがあしらわれている。

マリエのドレスはスカート部分が広がりすぎず、大人っぽい印象だ。肩口や袖口には品のよい白いバラのモチーフが使われている。

元気なシェリルには、ドレスの丈を心持ち短めにし、中からフリルたっぷりのパニエで膨らませ、引っ込み思案なクローイのドレスの裾にはスズランが銀糸で刺繍されていた。

そしてミュリエルのドレスは、ウエストの切り替えが高く胸の下から腹部までしっかりと引き絞ったデザインである。胸の大きさがより強調されるのではないかと不安だったが、胸元には銀糸の美しい刺繍があるおかげで体型を感じさせない作りになっている。

——なんて繊細で瀟洒なドレスかしら。それに、体型にぴったり。

問題は、いつの間にマリエがミュリエルの採寸表を入手したのかということだが、女性同士なのだから隠す必要もあるまい。

「おねえさま、見て見て」

「天使さまみたいでしょ?」

妹たちが白い羽扇を両手に持って駆けてくる。

「お店の中で走ってはダメよ。商品を遊びに使わないの」

「「はーい」」

ミュリエルは、店主からすすめられた椅子に腰を下ろして双子の様子を確認した。

着替えをすることもあって、キースには店の外で待ってもらっている。この洋品店には裏口があるので、そちらには別の護衛が立っているはずだ。

「王妃さま、よろしければお茶をいかがですか？」

店主の妻と名乗った女性が、トレイにティーポットとカップを運んできてくれる。

「ありがとうございます。騒がしくして申し訳ありません」

「いいえ、いいえ。ウェイチェットの夜明けの王妃さまにご来店いただけるだなんて、わたくしども、心より嬉しく思っております」

──夜明けの、王妃？

初めて聞く言葉に、ミュリエルは首をひねった。

ジョシュアが不夜王と呼ばれているのは知っているが、その妃ということならば『月光の王妃』や『夜長(よなが)の王妃』などが適しているようにも思う。

──いえ、それはわたしが月光とか夜長とか、そんなステキな王妃だと自称しているわけではなくて。ジョシュアさまの愛称と並べて考えるとそんな感じかなというだけで！

心の中で自分に言い訳をして、ミュリエルはもう一度考える。

なぜ夜明けなのだろうか。

「あの、どうして夜明けの──」

「ミュリエルさま、見てください。髪の毛もアレンジしてみましたの！」

言いかけたところでマリエが双子を連れてやってきた。シェリルは左右にリボンをつけ、クローイは後頭部に大きなリボンをひとつ。それぞれの個性をよく表した髪型だ。

「か……かわいいですっ！」

思わず駆けより、双子と目線を同じくするためにしゃがみ込む。ふたりとも、満面の笑みだ。

「マリエさまが結んでくれたの」

「みてみて、かわいいの」

四人でお揃いのコーディネートは、並ぶと迫力がある。これで街を歩いたら、だいぶ目立ってしまうのではないだろうか。

王族がシャリアディル離宮に転居してきたことは国内に知られているものの、だからといって突然王妃と王妹が市街地を練り歩くというのはどうなのだろう。

少々悩んでいたミュリエルだったが、妹たちはそんな姉の気持ちなどつゆ知らず、パタパタと新しい靴で店の入り口扉を開けて外へ出ていく。

「あっ、シェリル、クローイ！」

双子は扉を開け放したまま、キースと話しているようだ。

「ミュリエルさま、あとを追ってください。わたしはのちほど参りますので」

「ですが、マリエさまが先に出られたほうが……」

キースが待っているのはマリエだろう。

そんな気持ちを見透かしたのか、マリエが目尻をきゅっと上げる。

「わたしとキースは何もありません！　なんの関係もありませんので！」

「冷たいこと言うなよ、幼なじみどの」

ひょいと顔を覗かせたキースが、マリエに笑いかけた。即座に、マリエは手にしていた羽扇を閉じたまま投げつける。

「ナイスキャッチ」

自画自賛して、彼は羽扇を手につかんだ。

白いドレスのマリエが、頬をかあっと赤らめる。

彼女には彼女の、彼には彼の、そしてミュリエルにはミュリエルの恋があった。誰もが誰かに恋をして、世界は今日も幸せと不幸せの歯車で動いているのだ。

国の西側にある商業地は、隣国からの輸入品が多く並んでいる。

豪奢な白銀のドレスで歩くミュリエル一行は、かなりの注目を集めていた。侍女や騎士も付き添っているので、当然といえば当然の話だろう。

「おや、あの方が夜明けの王妃かい？」

「ああ、ありがたやありがたや」

やはりここでも『夜明けの王妃』という言葉が聞こえてくる。

――わたし、どのあたりが夜明けっぽいのかしら。

思わず自分の手や髪の毛の先を確認して、なんとなく首を傾げていると、

「ミュリエルさまは、眠らない王と結婚して兄に朝陽をもたらしたということで、夜明けの王妃と呼ばれているようですわ」

教えてくれたのはマリエだ。

「不夜王に朝を与えるんですもの。民たちが拝むのも当然です」

「と、当然でしょうか……？」

具体的に何かをしたわけではない。ただ、彼のそばにいる。ミュリエルにできることはそれだけだ。

「おねえさま、夜明けの王妃さまなの？」

「夜明けの王妃さまって何をなさるの？」

答えに窮したミュリエルに、そばで聞いていたキースが援護射撃のつもりか口を出してくる。

「眠らない夜の王さまに朝を与える王妃さまってことだよ」

「ねむらない？」

「よる？」

妹たちがわからないのも仕方がない。

ミュリエルにだって、わからないのだ。

――わたしは、陛下に夜明けを差し出すことができるのかしら。

今もジョシュアは、寝台の上では眠れない。そのことをミュリエルは知っていた。

離宮に転居してからも、ふたりは寝台の下で眠っている。彼にとって寝台とは、安眠の場ではないらしい。

――どうして寝台の上で眠らないのか、ではなく、どうして寝台の下で眠るのか、を聞いてみましょう。

別に寝台の下で眠ること自体は問題ない。最近ではミュリエルも硬い床で安眠できるようになったほどだ。人間は慣れる。それは同時に、彼もまた寝台の上で寝ることに慣れるはずだという確信につながっていた。

ふと、妹たちがはしゃいで覗いている店先に見慣れない金属の容器を見つける。手のひらにおさまりそうなほどに小さいが、細やかな彫金が施されたものだ。小物入れだろうか。

顔を寄せてみると、やわらかな甘い香りがする。

――何かしら？　どうしてこんな香りが？

ミュリエルの知る香りのもとは、生花か植物、花精油だ。しかし、この金属の容器から香ってくるのはもっとオリエンタルな遠い国を想像させるものである。

「それは海の向こうの国から買いつけたものでね。香炉というんです」

「こうろ、ですか？」

細く伸びた尖塔のような持ち手をつまみ、店主が蓋を開けて見せる。すると、中に奇妙な半透明の石が詰まっていた。

「この中に入っているのは、温めると香るフランキンセンスといいます。香炉の下で炭を炊き、この中蓋の上にフランキンセンスを置いて蓋をします。すると、容器の隙間から香りが立ち上るようにできているのです」

「まあ、石が香るだなんて初めて知りました！」

「石に見えますが、これは木の樹液が固まったもので樹脂と呼ばれるものです。木の皮を傷つけると、樹液が滲み出てくるでしょう。あれが固まって樹脂となるんです」

海の向こうから渡ってきたとなれば、ウェイチェット王国ではなかなかお目にかかれない。

――これをジョシュアさまにお土産に買って帰るのはどうかしら。

珍しい香りは、寝室に置くのも良さそうだ。そう思ってから、ミュリエルは顎先に右手を添える。

「あの、質問なのですがこちらのフランキンセンスというのは、夜に眠気がとぶような効能がありますか?」

もし、睡眠を阻害するものであれば寝室に持ち込むことはできない。

「あはは、おもしろいことを言う王妃さまだ。逆ですよ、逆」

「逆ですか?」

店主が大きくうなずく。

「よく眠れるというので、海の向こうでは女王さまが寝室にこの香炉を置いているんです。皆、それはぐっすり眠れるそうで」

それを聞いて、ミュリエルは目を大きく見開いた。

——だとしたら、これこそがジョシュアさまへのお土産にふさわしいわ!

「この香炉とふら、ふらんきん……」

「フランキンセンス」

「フランキンセンスを売ってください!」

まいどあり、と店主が気前よくフランキンセンスを倍量持たせてくれた。使い方を書いた紙までつけてくれて、なんとも丁寧な仕事ぶりだ。さすがジョシュアの治める国である。

「おねえさま、何を買ったの?」

香炉を胸に抱くミュリエルに、シェリルが不思議そうな顔をした。

「いい香りのするものよ」

「どんな香り？　おいしい香り？」

「ぐっすり眠れる香りなんですって」

そうして歩いていく途中も、あちこちから「ほら、あの方が夜明けの王妃さまだよ」という声が聞こえてくる。その呼び名に答えるべく、ミュリエルはジョシュアに安眠を贈る方法を考えていた。


……━……・……━……


出かけたときと同じく、跳ね橋を通って離宮へ帰る。

すでに夕陽が山間（やまあい）に沈みかけた頃合いだ。今日は一日、たっぷりと遊んできてしまった。ジョシュアはそろそろ公務の終わるころだろうか。

——わたしも、明日は午後からランダン侯爵の領地視察に同行するのだったわ。公務もしっかりこなさなくては！

離宮について、今夜はシェリルとクローイがマリエとお泊まり会をすると聞いた。

「マリエさま、いいのですか？」

「ええ、もちろんですわ。ふたりのために寝間着も準備したのです」

相変わらずの無表情だが、マリエは双子を心からかわいがってくれているようだ。

「わたし、あまり表情が顔に出ないでしょう？」

突然そう尋ねられ、ミュリエルは言葉に詰まる。そうですねと答えるのは失礼だし、かといって否定するのは嘘をつくことになる。

「だから、子どもが好きでもあまりなついてもらえないのです。ですので、兄が結婚すると聞いたときには子どもが生まれるのをとにかく楽しみにしていました」

真剣なまなざしで、マリエが続ける。

「生まれたときから接していれば、わたしにもなついてくれるのではないかと思ったのです」

「あの、それはマリエさまがご結婚して、お子さまを産んだほうがより子どもとたくさん接することができるのでは……？」

彼女の考えを否定したいのではなく、もっといい案があると思ったから口にした。

だが、マリエは照れ隠しのように唇を尖らせる。

「あの軽薄騎士の子どもでは、かわいいかどうかわかりませんわ！」

「えっ、やはりマリエさまはキースさまとご結婚されるのですね」

「っっ……、ち、違います！　違いますから！」

顔を真っ赤にしたマリエが声を大きくしたところに、回廊の向こうからジョシュアが歩いてくる。

出かけたときとは違うドレスで歩いてきた女性四人を、彼は立ち止まってしげしげと眺めた。

「白がよく似合う。シェリルとクローイも、今日は楽しかったか？」

黒衣をまとう彼は、穏やかな声音で双子に話しかける。

「はい、へいか！」

「とってもたのしかったです、へいか！」

ふたりの返事を聞いて、ジョシュアが口角を上げた。

「それはよかった。きみたちの大切な姉上を妻に迎えてしまい、寂しい思いをさせたのではないかと懸念していた」

「「けねん？」」

「懸念というのは、心配ということだ」

「わたしたちも心配してます！」

「おねえさまは、恋愛よりおいしいおかしが好きだから」

「「ねー」」

たしかに、ミュリエルは年頃の娘にしては恋愛や男女の機微に詳しくなかった。実家にいたころ、双子にそういう冗談を言ったこともあったかもしれない。

――だからって、ジョシュアさまの前で何を言い出すの、この子たちは！

マリエに負けないくらい頬を染め、ミュリエルは肩をすくめた。

「それならば心配はいらない」

動揺のひとかけらもなく、ジョシュアが双子の頭にそれぞれ左右の手をぽんと置いた。

「私は、ミュリエルがおいしそうに食事をする姿を見るのが大好きなのでね。これからも、たっぷりお菓子や果物を準備することにしよう」

彼の口から聞こえてきた「大好き」という単語に、心臓が跳ねる。

――そういえば、わたしはジョシュアさまに好きとお伝えしているけれど、ジョシュアさまは……

かわいい、かわいらしい、愛しい、と彼は言ってくれる。

その声音は真摯であり、まなざしには愛情が満ちている。妃として受け入れてくれていることも、妻として大切にしてくれていることも知っているのだが。

――わたし、ジョシュアさまから愛の言葉をいただいたことがない……⁉

今までそれに気づかなかったのもどうかとは思うが、ミュリエルは急に自分が一方的にジョシュアに恋をしているのだと感じてしまった。

そうだ。

彼は一度も、ミュリエルを好きだとは言っていない。

夫に健やかな睡眠を提供するよりも、もしかしたらもっと大事なことがあるのではないか。

ミュリエルは自分の行動が不安になって、彼のために買ってきたお土産をそっとドレスのうしろに隠した。

その夜。

いつものように、ジョシュアと一緒に寝台の下で寝ようとするミュリエルの表情は翳っている。無理もない。不安は胸に巣を広げていくものだ。

室内履きを脱いで、寝台の手前にしゃがみ込もうとしたところを、ジョシュアの手が制した。

「え……？」

当惑するミュリエルに、彼が静かな声で告げる。

「きみは寝台の上で眠るがいい」

「ですが、ジョシュアさまは……？」

――わたしはもう、不要なのですか？

口に出した言葉と、心の中で響いた想いはまったく別だった。

ともに寝台の下で眠る女性を、彼は妻に求めていたはずではないか。別々に眠るのでは、ミュリエルにはジョシュアの妃であるという自信すらなくなってしまう。

「私は、きみの下で眠ろう」

ひどく倒錯的にも聞こえるが、同時に互いを隔てる寝台という存在が憎らしくなった。

ただ、寂しい気持ちだけが心を侵食していく。どうしたらよかったのだろう。もっと早く、彼にどうすべきか相談すればよかったのだろうか。

あなたに愛してもらうために、自分は何をすればいいのか、と。

——そんなことを尋ねて、明白な答えがあると思うのがおかしいのだわ。

自分の愚かさに、恥ずかしくなる。

彼がぐっすり眠れるように考えるくらいなら、彼に愛してもらう努力のひとつもしたほうがよかった。

「わたしがジョシュアさまの上に寝ていると、どんな気持ちでしょうか？」

「率直に言うと、心が弾む」

真剣に尋ねた。

そして彼も、至極まじめな顔で答えた。

——わたしには、ジョシュアさまがわからないわ！

ミュリエルは、しゅんと肩を落として寝台にもぐりこんだ。

その夜は、何度寝返りを打ってもなかなか寝つけなかった。彼の気持ち、彼の愛情。自分の気持ち、自分の愛情。

考えたところで、わかるのは自分の内側のことだけなのに。

ミュリエルは夜が更けるまでずっと、ジョシュアのことを考えていた。

第四章　花嫁の極意

——なぜだ。

ジョシュアは離宮の執務室でひとり、机に向かって腕を組んでいる。今日は朝から雨が降り、窓の外は薄暗い空が広がっていた。

——なぜ、ミュリエルは最近また元気がなくなっているのだ。

彼女の健康状態を考え、寝台の下で一緒に寝ようと誘うのはやめた。初めての夜に出血していたのを見たから、しばらく体が癒えるまで触れないよう自分を戒めている。

本音を言えば、ジョシュアは彼女と出会って新しい情欲に目覚めたところがあった。

身動きできないくらい狭い場所に、ミュリエルとふたりで閉じ込められたい。ある意味、性癖の開花である。これまでまじめ一辺倒に生きてきた王が、妃を娶って初めて自分の欲望に向き合った結果だった。

しかし、離宮に移動してきた翌日あたりから、ミュリエルは日に日に笑顔が疲れてきている。可憐な彼女を苦しめるものは、すべて排除してやりたい。

「──か、陛下」

目を閉じ、心に思い浮かぶミュリエルの姿に思いを馳(は)せる。

「おーい、ジョシュア」

「勤務中はせめて陛下と呼べ」

「さっきからそう呼んでるだろーが！」

不満げな声をあげたのは騎士団副団長のキースである。ノックの音にも、呼びかける声にも気づいていた。だが、ミュリエルのことを考えていたかったのだ。

「なんの用だ？」

「まじで聞いてないな、おまえ。だから、俺とマリエの結婚の話だよ」

離宮に暮らしはじめて十日。ジョシュアとミュリエルが距離をはかりかねている間に、妹のマリエはキースの求婚を受けた。無論、王女の結婚となれば彼女ひとりの意向で決められるものではない。だが、マリエには国のためという名目で敵国に白い結婚のため嫁いでもらっていた期間がある。それを配慮すれば、キースとの縁談に文句を言う者はいないだろう。

「正式に文官を通じて連絡があれば、俺は許可する」

兄として、マリエが幸せになるのを見守りたい。

──あの日、寝台の下でマリエが眠っている間に母は死んだ。殺された。

幼かった妹も、もう立派な大人だ。ジョシュアの妻よりもマリエのほうが年上なのだから。

「マリエが気にしているのは、自分が降嫁していいかって話だ。俺は正直、どっちでもいい。どうせもとより自由な次男だからさ。マリエと結婚できるなら、婿に入るのも喜んでってことなんだけど」

ジョシュアにとってキースは兄であり悪友でもある。そのキースがマリエと結婚するというのなら、喜ばしいことだ。

「なあ、キース」

「ん？」

「マリエは、ミュリエルのことを何か言ってはいなかっただろうか」

「何かって何を？」

「何かは何かだ」

「よく食べるとは聞いているぞ。食べっぷりのいい淑女というのも魅力的だな」

「ああ、それはそうなのだが」

ミュリエルは、可憐だ。愛らしく小動物のような見た目なのに、いつだっておいしそうに食事をする。その姿もジョシュアにとってはたまらなく愛しい。

――しかし、ここ数日は食事もあまり進んでいないように見える。

「……なあ、一応聞くんだけどさ」

「なんだ？」

「ジョシュアって、未だに寝台の下で寝てる?」

キースの言い方は、まさかと思うけれどという感情を言外ににじませていた。

「無論、寝台の下で寝ている」

「まじか……」

「それは原因ではないはずだ。ミュリエルのことは、きちんと寝台の上で眠らせているぞ。彼女の体に負担をかけるつもりは毛頭ない!」

語尾が強くなってしまったのは、ジョシュアがほんとうは彼女に負担をかけてもミュリエルをもっと抱きたいと思っているせいだった。

そうだ。彼女を抱きたい。抱きたいどころか、抱きまくり、抱き潰し、抱き尽くしたい。

その欲望と王として正しくあろうとする自分の振る舞いが、うまく嚙み合わないことでジョシュアは足踏みをしている。

母を失くしたあとの父は、毎晩のように女性を欲していた。あの姿が、自分の中に刻まれているのも一因だろう。父と自分では状況が異なる。ジョシュアが抱きたいのは、不特定の誰かではなくミュリエルだけだ。

「なあ、ジョシュア。もしミュリエルちゃんが、別々に寝ましょうって言い出したらどうする?」

「なっ……」

——別邸にいたときは警備の都合上、仕方なく受け入れていた。だが、夫婦なのだから同じ部屋で眠るのは当然ではないか。そうでなければ、俺はいったいいつミュリエルとの時間を確保できる？

「嫌だろ。それと同じで、ミュリエルちゃんだって寝台の上と下で寝るのなんて嫌かもしれない」

「それは——」

彼女の体を慮ったつもりでいたが、たしかにすげなく見えた可能性はある。

寝台の上で眠ることを安易に諦めすぎた。いや、王の公務に差し障ると判断して寝台の下へ戻ったのだ。決して安易に諦めたつもりはない。

それでも。

彼女と同じ寝台で、並んで眠るという現実を先延ばしにしたのはわかっている。

——俺は父の轍を踏まないと心に誓っていた。だが、結局俺もまた愚かでしかない。妃ひとり幸せにできず、国を治めることなどできるものか。

「キース」

「どうした、ジョシュア」

「俺はこれまで二十年以上おまえと一緒にいたが、今日ほど有用なアドバイスをもらったのは初めてだ」

「……俺の二十数年を返してほしくなる発言だなあ」

「心から感謝する。ありがとう、キース」

「そんな清らかな目で言うな！　ますますつらい！」

彼女を苦しめるものは、すべて排除してやりたい。その気持ちに嘘はない。

——ならば、俺がすべきことは寝台の上で眠ることだ。

十七年間、彼の眠る場所は寝台の下だった。ときに不安が襲いかかる日には、それでも足りずクローゼットの中で眠ったこともある。だが、自分には寝台の上で眠る努力が足りなかった。

「キース」

「んー？」

「甘えて申し訳ないのだが、寝台の上で眠る秘訣があったら教えてくれないだろうか」

悪友は、形良い目を三日月のかたちに細めて笑まう。

「それなら、ミュリエルちゃんに相談するのがいい。彼女、よーく眠れるいいものを持っているはずだからな」


……‥━━……‥━━……

礼拝堂で朝の祈りを捧げたあと、ミュリエルは収穫祭用のドレスの確認のため、離宮の広間へやってきていた。

豊穣の女神に祈りを捧げるのが、王妃としてのミュリエルの初の大きな仕事である。

ウェイチェット王国は水と緑が豊かな国。つまり、農業が盛んな国柄だ。例年、秋の収穫祭は民たちにとってもとても大きな楽しみのひとつとなっている。

「まあ、とてもお似合いでございますよ、王妃さま」

「ありがとう」

伝承に残る女神のドレスを模して、収穫祭では古めかしいデザインのドレスを着る。白いたっぷりとした布地のドレスにはフリルやレースはない。その代わりに、袖のない緑色の上着を羽織る。上着の表は緑色に色とりどりの花が刺繍され、花畑のような様相だ。裏地は作物の黄金色である。

当日は、ドレスよりも丈の長い上着の裾をひるがえして階段を上っていくのがミュリエルの見せ場だと説明を受けた。

頭には花かんむりを、手には聖職者が持つ杖(つえ)を、そして階段の上の祭壇で祈りを捧げることになる。

――このドレス、とても古典的ですばらしいけれどコルセットをつけないのが少し心許ないわ。

侍女たちに囲まれ、鏡を覗き込むミュリエルはふう、と小さなため息をつく。

別邸でジョシュアと結ばれてから、ずいぶん経った。

すぐに二度目がないのは、転居が近くて忙しいせいだと思っていた。それが理由なら、離宮に腰を落ち着けた今、ジョシュアが触れてくれない原因が見つからない。

――そうね。わたしは、ジョシュアさまから愛の言葉を一度ももらったことのない妃ですもの。

人は言葉のみにて感情を表すものではない。そのくらい、ミュリエルだって知っている。

だが、同時にほかの動物にはない言語を用いて、互いの気持ちを伝え合うことができる生き物なのだ。

彼が自分を大切にしてくれているのはわかっている。

――だけどそれは、わたしが王妃だから。

寝台の上で眠るよう言ってくれたのも、ミュリエルの体調を考えてくれたのだろう。

――わたしが、ジョシュアさまと一緒に寝台の下で眠りたいと思っていることには気づいていらっしゃらないのね。

やっと、寝台の下の硬い床で眠ることにも慣れたのに。

もう、ジョシュアはミュリエルを寝台の下に誘ってくれないのだ。

それが彼の優しさ。それが、王妃への気遣い。

わかっていてなお、寂しくなってしまう自分の子どもっぽさにミュリエルは落胆していた。

王族の結婚というものは、愛情による結びつきではないことが多い。無論、そばにいれば心惹かれていくこともあるだろう。互いを知り、子を育て、真実の夫婦となっていくのだ。

――だけど、いたさなければ子どもはできないと医官は言っていたわ。

子を授けてくださいと自分から頭を下げる道があるのは知っていて。

それでも、ミュリエルは寂しかった。彼に愛されていないかもしれないという不安が、ずっと心に根を張っている。

「王妃さま、胸元が少しきつそうに見えますが……」

「え、ええ？　そうかしら。特に動きにくいということはないわ」

腰やお尻のあたりは布が余っているのに、胸元だけはちょっと苦しい。侍女の言うとおりだ。

――胸ばかり育ってもどうしようもないのに。

もう一度ため息をついた矢先に、広間の扉が廊下側からノックされる。

「ミュリエル、入ってもいいだろうか」

「ジョシュアさま⁉」

侍女が慌てて扉を開けた。黒い外套に、美しい黒髪の王が立っている。

薄布のドレスが急に恥ずかしくなり、ミュリエルは両腕で自分の体を隠した。薄い布でできたドレスは、コルセットをしていないせいもあって、体のラインの丸みを強調する。

「今、収穫祭の準備を――」

「そうか。とてもよく似合っている。まさにミュリエルは豊穣の女神そのものだ」

広間をまっすぐにミュリエルのところまで歩いてきたジョシュアは、彼女の体を軽々と抱き上げた。

——えっ、どういうこと？

「皆、すまない。少し王妃を拝借する」

「は、はい」

「王妃さま、お着替えが必要になりましたらのちほど声をかけてくださいませ」

事態を呑み込めていないミュリエルをよそに、侍女たちはジョシュアの言葉に従う。それも当然のこと、この離宮で——いや、国内でジョシュアに逆らう者などいるはずもないのだから。

「どうかされたのですか？」

歩き出した彼は、廊下をどこかへ向かう。

だが、ミュリエルにはまだ離宮のすべての部屋の場所がわかっているわけではない。どこへ向かっているのかもわからず、彼の首に両腕でしがみついた。

「ジョシュアさま……？」

「ずいぶんと魅力的な衣装だ」

彼は、三階奥にある扉の前で立ち止まる。ジョシュアの目がふっくらとした胸元に注がれると、ミュリエルはひどく呼吸が速くなるのを感じていた。

扉を開けて、彼が室内に足を踏み入れる。

そこには、壁いっぱいに古い剣や弓が飾られている。部屋の中央には甲冑が置かれ、窓には分厚いカーテンがかかっているせいで昼間だというのに薄暗い。

白い布がかかった長椅子にミュリエルを下ろすと、彼は座面に片膝で乗り上げた。

「きみは、いつも俺に何も言ってくれないのだな」

「それはどういう……あ、きゃあっ」

両方の肩から胸の前で重なるようたっぷりとした布があしらわれたドレスが、たやすく左右に開かれる。下着をつけていないため、白く豊満な乳房が空気に触れた。

「や……、待ってください、ジョシュアさま。どうしてこんな……」

「夫が妻を求めるのに理由がいるだろうか。俺はいつだってきみを抱きたい」

耳の裏がぞくりと甘い予感に震える。この人に、求められたい。この男に抱かれたい。まだ男女の機微もろくに知らぬまま、ミュリエルの体は心よりずっと成熟した欲望を知りはじめていた。

「ですが、こんな場所で……」

「ああ、そうだ。こんな場所で、人目を忍んで、昼間からきみを抱きたい。駄目か?」

水色の瞳が、かすかに揺らぐ。

ジョシュアにも迷いがあるのかもしれない。それがいったいどんな迷いなのか。ミュリエルにはわからなかった。当然だ。彼ともっと話すべきだったのに、ふたりは火事や転居にかまけて、ふたりだけの時間を眠ることに費やしすぎた。

——どうして、寝台の下で眠るようになったのか。

「ジョシュアさまがお望みなら、わたしは……」

——どうして、不夜王なんて呼ばれるようになったのか。

「俺が望むなら、どこででも抱かれてくれるのか？」

彼の目に、揺れるもの。

それは孤独だった。

『かわいい世継ぎを産んで、あの孤独な不夜王に家族を教えてやってくれ』

ミュリエルにそう言ったのは、ジョシュアの腹心であり親友でもあるキースだ。

ヒントはいつだって、いくつもあったのに。

——わたしは、この方の孤独を読み解くことができていなかったのだわ。

こんな場所に連れ込まれ、ろくな説明もなしに半裸に剥かれてなお、ミュリエルは夫を愛しく思う。右手を伸ばして彼の精悍な頬に触れてみる。

「ミュリエル？」

「ジョシュアさまが望んでくださらなくても、わたしだっていつもあなたに触れてほしいと思っているんです。あの、それは体だけではなく心も……！」

ふたりの間には、格差ばかりがあった。十歳の年齢差、王と貧乏貴族の令嬢という身分差、寝台の上で眠る者と下で眠る者。数え上げれば、相違はきりがない。

──だけど、そんなことに怯(ひる)んでいるほうがおかしいの。人は誰だって、違っているわ。ひとりとして同じ人間なんていないんですもの。

双子のシェリルとクローイだって、顔は似ていても性格はまったく違っている。彼女たちは、ふたりいる。ふたりいて、それが正しい。双子であっても、同じ人間ではないのだから。

「心、俺の心……?」

「はい。わたしは、もっとジョシュアさまのお心を知りたいです。わたしが子どもなせいで、いつもジョシュアさまにすべてをまかせてきてしまいました。でも、結婚ってほんとうにそれでいいのでしょうか? ジョシュアさまだけに負担をかけるのではなく、わたしももっとジョシュアさまに歩み寄りたいんです。あなたのことが、好きなのです」

心を込めて、愛を告げる。

たとえ彼が同じ気持ちを返してくれなくとも構わない。結婚生活は、まだ始まったばかりだ。最初からジョシュアに愛してもらえないのなら、いつか愛してもらえるように努力する。そのくらいの気概がミュリエルにはある。

「きみは、いつも俺の想像を軽々と飛び越えていく」

「え、そうでしょうか?」

「そうだ。今だって、俺は――」

首筋に唇を寄せ、吐息まじりの声で彼が「ミュリエル」と名前を呼んだ。

ただ、それだけで。

「んっ……！」

体が、ジョシュアに反応する。

「きみに伝えたいことがあるのに、こうして逃げられない状況を作る臆病な男だ。それでもきみは、好きだと言ってくれるのか？」

――たとえ、あなたがわたしを想っているのではなかったとしても、わたしはジョシュアさまを慕っているんですもの。

彼が自分を臆病だと言うのが、ミュリエルには驚きだった。

こんなにも美しく、力強く、なんでも持っている彼が、なぜ臆病になる必要があるのだろう。

「好きです。ジョシュアさまを臆病だなんて思っていませんが、もしそうだったとしても大好きです……」

「俺はきみにだけ、臆病になる。だが、好きだと言ってもらうたびに勇気が湧くことも知った」

左右の乳房を両手で寄せ、つんと芯が通りはじめた先端をふたつ同時にジョシュアが舐める。

「ぁ、あっ」

「きみと話したいことがたくさんある。だが、今は――すまない。この魅力的な体に抗えない。ミュリエル、俺を受け入れてほしい」

切実さのにじむ声が、いっそうミュリエルの心を煽った。同じ気持ちかどうかなんて、もう考えなかった。彼に求められることが嬉しい。

――わたしも、ジョシュアさまがほしいんですもの。

彼に愛されるということは、彼の子種を注いでもらうということになる。

ジョシュアがどんな孤独を抱えているか知らなくとも、隣で生きていくことができる。ミュリエルの体は、彼を受け入れ、彼の子を産めるかもしれないのだから。

「ください。ジョシュアさまを、たくさんください。わたし、ジョシュアさまの……」

「俺の？」

「お子を産みたいのです。あなたの子を」

ひと刷毛（はけ）、紅を塗ったように赤で染まる頬。

けれどミュリエルはもう躊躇（ためら）わなかった。彼を想う自分の気持ちははっきりしている。夜明けの王妃と呼ばれることに、くすぐったさはある。だが、民たちはすでに自分を王妃として認めてくれているのだ。ならば、彼らの期待に応えなくては。

「……わたしは、あなたの妃ですもの」

「それだけが理由か？」

いつもは冷静な瞳が、甘く燃えている。彼は水色の瞳でじっとミュリエルを見つめて、問うてくる。

「妃だから、俺の子を産みたいのか？」

「そ、れは、その……」

覚悟を決めていても、あまり直接的に尋ねられるとミュリエルだって照れる。むしろ、もともとあまり積極的なタイプではないのだ。

——だけど、きちんと言葉で伝えなければ、伝わらないことがあるの。

「ジョシュアさまを好きだから、ジョシュアさまのお子を授かりたいのです……！」

言い終えると同時に、彼が強くミュリエルを抱きしめた。

——ジョシュアさま……？

「俺も、あなたを愛している」

頭上から聞こえた声に、一瞬で息が詰まった。

これまで一度も愛の言葉をもらっていないと思っていた。態度で、まなざしで、優しさで、彼はミュリエルを大切にしてくれているのはわかっていたけれど、女性として愛してくれているかどうかまではわからなかったのだ。

「ほんとう、に……？」

彼の気持ちがどうであれ、自分はジョシュアを好きなのだからそれでいい。

強がっていた心が、じわりと涙に変わる。視界が濡れて、ミュリエルは涙声で彼の名前を呼んだ。

「ほんとうに、わたしを想ってくださっているのですか、ジョシュアさま……」

「ずいぶん今さらな気もするが――いや、待て。どうして泣いている？」

「だ、だって、そんなの一度もおっしゃってくださらなかったから」

ひっくひっくと子どものようにしゃくり上げて、ミュリエルが涙をこぼした。こういうところが子どもっぽく思われてしまうのだと、頭ではわかっている。けれど、嬉しくてたまらなくて涙が止まらない。

長椅子の上、ミュリエルは両手で顔を隠す。

すると、はだけられた胸元にやわらかく熱いものが触れた。

「ひぁンっ！」

左胸を口に頬張り、右胸を指であやすジョシュアが、熱を帯びた目でミュリエルの表情を確認している。

「ジョシュア、さま、あ、あっ、何を……」

「子がほしいと言ってくれただろう？　愛しい妃のために、俺も尽力したい」

ちゅう、ときつく胸の先を吸われると、頭の中が甘く蕩けてしまう。

いつもと違う服装だからだろうか、彼の体温をドレスの上からでもしっかりと感じられる。

肌と肌の間に布を挟んでいても、互いの鼓動が聞こえてきそうだ。

「きみを孕ませたい」

「あ……ッ」

彼の言葉に呼び寄せられ、腰の奥から甘い蜜がしたたる。

もぞりと内腿をこすり合わせたが、すでに下着の内側が濡れているのがわかった。

──わたし、こんなにジョシュアさまを求めているのだわ。

「わたしも、ジョシュアさまに孕ませてほしい、です……」

「……以前から思っていたのだが、きみは俺を煽る天才なのか？」

「えっ？」

はあ、と彼がせつなげなため息をひとつ。

ミュリエルの乳首を指でくるくると弄りながら、

「純真で無垢なミュリエルの口から、そんな嬉しいことを言われて俺が冷静でいられるとでも？」

と、ジョシュアが太腿に腰をすり寄せてきた。

「あ、あっ……！」

彼の下腹部に、熱が漲っている。

「すまない、きみが泣いている姿を見たら興奮した」

「なっ、泣いているのを見て、ですか⁉」

「ああ。俺はミュリエルのどんな表情にも興奮する。おいしそうに食事をする姿も――」

　ちゅ、と胸元にキスされる。

「楽しそうに妹たちと遊ぶ姿も」

　――そんなときにも⁉

「寝台の下で、俺の腕の中にすっぽりおさまって眠る姿にも」

「あ、んっ、ジョシュアさま……っ」

　はっきりと輪郭を持って自己主張する胸の先を指で転がされ、ミュリエルは嬌声を漏らした。

　自分が、彼の欲情を引き出せている。その事実に、どうしても心が弾んでしまう。食事する姿や、遊んでいる姿を見て興奮されるだなんてミュリエルにはわからない感覚だが、彼が自分を求めてくれるのならそれだけで嬉しい。

「それに、狭い場所にきみを閉じ込めてふたりきりで貪り合いたいとも思っている」

「ゃ、ぁ、ああッ」

　形よくやわらかな胸を揉みしだかれ、頭の中がぼうっとしてくる。彼のことしか――彼の与える快楽のことしか考えられなくなっていく。

　色づいた乳暈をきゅっとつままれ、頂を甘く舐められれば腰が浮いた。

　はしたなく体をくねらせ、彼の愛撫を求める体。ジョシュアは気づいているのだろうか。ミユリエルにだって性欲はある。

──全部、ジョシュアさまが教えてくださったのですもの。

体を倒し、上半身でミュリエルを押さえつけると、耳元に顔を寄せてジョシュアが口を開く。

「俺は女性に溺れる父を嫌悪していたのに、今きみの体に溺れている」

左手が、脚の付け根をすうっとなぞった。いつの間に下着を脱がされたのだろう。彼の指は、濡れた間に直接触れている。

「ん、ぅ……」

「ほんとうにきみはかわいいな。もう濡らして待っていてくれたのか」

「や、やだ……、さわらな……あっ、んんっ」

ぬるぬると泥濘んだ柔肉の割れ目に、彼の指が躍った。指腹に蜜をまぶし、亀裂を縦に往復する。そのたび、はしたない蜜音が高い天井に響いていた。

「もう簡単に指を呑み込んでしまいそうだ。わかるか、ミュリエル」

「んっ……」

長い指が、つぷ、と蜜口に割り込んでくる。手のひらで花芽を撫でながら、指で体の内側をなぞられる感覚に、ミュリエルは長椅子の上で喉を反らした。

「ひぁ、あ、ああん!」

「中がやわらかくなっている。きみも俺を求めてくれているんだな」

「は、いっ……、ぁ、あ、でも、そんな急に……っ」

　第二関節まで埋め込まれた指が、ぬぷ、ぬぽ、と浅瀬を抽挿する。

「好きだ、ミュリエル」

「あぁッん！」

　彼の言葉に、体が強く反応した。ジョシュアの指を食いしめ、きゅうと甘く収斂する。

「は……、そうか。俺が好きだと言うと、きみの体がこんなふうに感じてくれるとは」

「だって、だって……」

「かわいい顔をもっと見せてくれ。俺はきみの感じている顔に、たまらなく欲情する」

　浅瀬をたっぷり撫でてから、指がさらに奥へと侵入してきた。興奮しているのはジョシュアだけではない。ミュリエルの体も甘く疼き、隘路の最奥に彼の指がちょんと触れると泣きそうなほどの悦びがこみ上げた。

「ミュリエル、俺の子を産んでくれ」

「は、ぃ……」

「ここに」

　ずぐ、と指の根元まで埋め込まれ、ミュリエルの中は彼の指で満たされる。

「奥、ダメ、ぁ、ああっ」

「駄目ではないだろう？　ここを撫でると嬉しそうにすがりついてくるぞ」

コリュッ、と子宮口を指先が探り当てた。

「あンッ……！」

しっとりと濡れた粘膜が、ジョシュアの指で押し広げられる。

「そこ、ダメなんです。気持ちよすぎて、おかしくなっ……あ、ああっ」

腰を引こうとしたのを責めるように、彼はじゅぷじゅぷと指を動かしはじめた。指の曲がる角度で、隘路の上部に強く食い込む部分がある。

「痛いなら言ってくれ。俺は、きみを苦しめたくはない」

「痛く、ない……っ」

「では、感じるのか？」

「っっ……」

目を閉じて、ぎゅっと体をこわばらせる。感じて、蕩けて、甘くしたたる体。

「ミュリエル？」

返事をしろと言いたいのか、彼は指の動きを大きくした。中指と薬指が蜜口から快楽を掻き出そうと激しく突き動かす。

「あッ、あ、ダメぇ……ッ」

乳房をはしたなく揺らし、ミュリエルは長椅子の上で身を捩った。ほんの少し弄られただけだというのに、もう快楽の果てが近づいてきている。今にも達してしまいそうになって、懸命

に彼の手を両手でつかんだ。

「お願い……っ、あ、ああ、わたし、おかしいです。こんな、こんなに……」

「感じてくれて構わない。俺はきみを愛している。淫らに咲くきみを見たい」

「っっ……、ん、ぁ……！」

ガクガクと腰が浮いた。彼の指の動きを、いっそう感じたいと自分から淫らに腰を振るだなんて信じられない。だが、この喜悦こそが彼の妻であるということ。愛されているゆえの、悦びなのだ。

「イッ……ちゃう、あ、あっ、ジョシュア、さまっ……」

「いい子だ。たっぷり感じて果てるといい。きみが達する顔を見つめていよう」

「やぁ……ッ、見ない、で、ダメ、ダメぇ……」

腰の奥から脳天へと、佚楽の痺れが突き上げた。

「ひ、ぁあ、あ、あ……」

一瞬引き絞られた体が、ぎゅうっと全身をこわばらせる。次の瞬間、ミュリエルはくたりと四肢を長椅子に投げ出した。

それでもまだ、彼の指は蜜路に埋め込まれたままである。

「は……ぁ、はあ、はあ……」

浅い呼吸にあえぐ唇を、彼が優しく吸い上げた。舌と唇で導かれ、自分から絡めるように舌を出す。やわらかな彼の唇が、ミュリエルの舌をちゅうっと吸った。

「んく……っ」

唇が離れると、互いの間に銀色の糸が橋をかける。

「ああ、もったいないな」

赤い舌が糸を伝ってまた唇を追い求めてくる。先ほどよりもさらに深くくちづけられ、前髪を大きな手で撫でられた。

「ん、んんっ、ふ……」

体の上下を刺激され、ミュリエルは彼の背中に腕を回した。しがみついていないと、自分を保てない。

「ずいぶん濡れている。もう一度イッておくか？」

長椅子に膝立ちになったジョシュアが、自分の指をくわえ込む蜜口を凝視した。すでに花芽は包皮からこぼれ、ぽちりと膨らんだ姿をさらしている。

「や、見ないで、ジョシュアさまぁ……」

「こんなに濡らして、俺を求めてくれているのだろう。俺だけに見せろ。俺には見る権利があるはずだ」

もう一方の手で、彼はしとどに濡れた花芽を撫でる。

「ひっ……、あ、イヤっ、中と、同時にしないでぇ……ッ」

軽く指を曲げて隘路を押し広げながら、ぷっくり腫れた快楽の粒を撫でさすられると、どうしようもなく腰が浮く。ガクガク、ガクッと膝が震えた。

「や、やだ、何か……っ」

彼が指を抜くと同時に、蜜口から飛沫が上がった。びしゃびしゃとこぼれた透明な液体が、長椅子にかけられた白い布にシミを落とす。

「わたし、こんな……」

「達した直後のここは、ひくひくしてかわいらしいな」

彼が脚の間に顔を近づける。

二度目の果ての直後で、ミュリエルは何も考えられなかった。なぜ、ジョシュアが陰部に顔を近づけているのか、わかっていたら少なくとも抵抗しただろう。

「ひ、ああンッ⁉」

ぴちゃり、と舌先が淫花を舐めすする。

「やだ、やだぁ……っ、それ、ダメです。お願い、ダメ、すぐイッちゃうから……っ」

ジョシュアは何も言わず、両手で柔肉を左右に開いた。その中心に舌を這わせ、蜜をたっぷりと絡めてから花芽を舐(ねぶ)った。

「あッ……！　あ、あ、やだぁ、気持ちいぃッ……」

無言で蜜をすする彼が、舌先を蜜口に埋め込んでくる。

──お願い、舌を入れないで……！

うねる粘膜は、彼の舌にあやされて上も下も左も右もわからなくなっていく。強く吸い上げられると、心がそこから染み出てしまう。

「ああ、あ、ジョシュアさま、好き、好きです……っ」

虚空に消える声が、ミュリエル自身の体を煽っていた。

好きだと言われると感じる。

好きだと言っても感じる。

この想いは、ふたりの体を緩ませる甘い呪いだ。

「は、はっ……ぁ、ああ」

口を開け、必死で呼吸をする。涙目で頬を紅潮させるミュリエルを見下ろし、彼はいつの間に脱いだのか見事な裸身をさらしていた。

「ミュリエル、ほしいと言ってくれ」

力の入らない太腿が、彼の腰を跨がせられている。

その間から、薄暗い室内でもわかるほど猛る劣情が突き出していた。先端から透明なしずくをしたたらせ、太幹に脈を浮かべる雄槍は、ときおり先端を震わせる。

彼の逞しい劣情を前に、ミュリエルの体はきゅうっと甘くくぼんだ。酸っぱいレモンを前にしたときのように、喉の奥が狭まる。同時に、隘路も彼を食い締める素振りで引き絞られていた。

「ぁ、あ、ほしい……、ジョシュアさまの、ほしいです……ッ」

かすれた声に、彼がうなずく。

張り出した先端が、蜜口にぴたりとあてがわれた。

そして、次の瞬間――

「ひ、ァッ……、あ、ああ、あッ！」

ずぶずぶと男の欲望がミュリエルの中を穿つ。ひと息に最奥まで突き上げられ、腰から下が融けてしまうのではないかと思った。

「あんッ、あ、あっ、ジョシュアさま、あ、ああ、奥、いきなり、あっ」

爆ぜんばかりに膨らんだ亀頭で、子宮口をとんとんとノックされる。太い根元で蜜口を押し広げられると、どうしようもないほどに快感が全身を支配した。

こすれあうのは互いの一部分だけなのに、体中が敏感になっている。

「かわいいミュリエル、俺だけの――」

黒髪をかき上げ、彼は恍惚とした瞳で腰を振る。

「んっ……、ん、ぁ、あっ」

「中がどんどん締まってくる。俺を搾り取ろうとしているんだな」

「や、ぁ、わたし、んっ……」

　彼の言うとおり、慣れない隘路は劣情をずっぽりと咥え込んだ上、入り口から奥へかけて蠕動している。ジョシュアの子種を絞り出そうと本能のままに、体がうごめいているのだ。

「ああ、こんなにほしがってくれるだなんて。嬉しいよ、ミュリエル。きみを愛している」

「ひぅ、あああ、あ……！」

　前回、ジョシュアがいかに自分を気遣ってくれていたのかが、今日の律動からも伝わってくる。本能のままに腰を振る彼は、先端を激しく最奥に打ちつけてきている。

　互いの肉と肉がぶつかり、打擲音がスタッカートをきかせて響いた。その隙間を埋めるのは、濡れた体液の奏でる淫らな蜜音。

「俺のもので、きみを満たそう」

「ジョシュア、さ、まっ……」

「何度でも、何度でもきみを抱く。きみが俺の子を孕むまで……！」

　奥を斜めに押し上げる亀頭が、ぶるっと身震いする。彼の射精が近づいてきていることを察した体は、きゅうと入り口で雄槍を引き絞る。

　——お腹の奥が、きゅんきゅんする。こんな気持ち、初めて……

「や……ッ、もぉ、ヘンになっちゃうぅ……」

　貴族の娘であることも、王妃としての矜持も忘れ、ミュリエルは涙声で訴えた。

　こんな快楽をこらえられるほど、愛されることに慣れていないのだ。

「俺もだ。きみに吸い取られる。すべて、受け止めてくれ……！」

「ジョシュアさま、あ、あっ、イク、イッ……」

これ以上ないほどにふたりの体が深くつながる。

濡襞がぎゅうとジョシュアの劣情を模るように狭まった。

びゅく、びゅるる、と熱いものが体の奥に放たれる。激しい奔流にミュリエルは上気した肌を見せつけながら、腰を浮かせた。

「ああ、ジョシュアさまのが、熱い……ッ」

強く抱きしめられ、ただ彼を感じている。

彼の愛情を、感じている。

こんな幸福がこの世にあることを教えてくれたジョシュアに、ミュリエルは心から感謝していた。

・・・・・|・・・・・|・・・・・

「俺の母は、十歳のときに暗殺された」

ドレスを汚さぬよう、全裸になって白い布でくるまれたミュリエルは、ジョシュアの膝の上に抱かれている。

彼の表情に薄く影が落ちていた。普段よりも低い声が、当時の痛みを感じさせる。

「戦争の、影響ですね……」

自分が生まれる以前の大国の歴史については、史学で学んできた。その戦争で多くの人が命を落とし、国が滅んだことも知っている。そしてジョシュアの母である前王妃が、その国の出身であることも。

けれど、ミュリエルが国というものを認識するころには、すでにウェイチェット王国は豊かで平和な国になっていた。

だから、知っているのは伝え聞いた歴史でしかない。

――ジョシュアさまにとっては、それは歴史ではなく経験なのだわ。実際に、戦争の禍根を幼いころから実感として持っていらっしゃったのだから。

「その夜、母はマリエを連れてきて、俺に寝台の下に隠れるよう言った。母が迎えにくるまで、決して出てきてはいけないと」

幼いジョシュアは、母の言いつけを守り、じっと妹王女と一緒に寝台の下に隠れていたのだという。

けれど、どれほど待っても、彼の母親は迎えに来ることはなかった。

夜が明ける前に、王妃は命を奪われてしまったからだ。

「あれから、王宮ですら安心できる場所ではないと思えて、寝台に入っていても眠れない夜が続いた。母の遺体が発見されたのは、寝台の上だ。もしかしたら母と同じ敗戦国の王家の血が流れる俺のもとにも、恨みを持つ誰かが現れて命を奪っていくのではないかと恐ろしかった」

「そんな……」

ほんの十歳で母親を亡くしたジョシュアは、母だけではなく安眠すらも失ったのだ。

「俺は、ある夜試しに寝台の下にもぐりこんでみた。すると、不思議なことに安心できるんだ。母の声が聞こえる気がした。ここにいれば恐ろしいことは何もないのだと思えた。それからだ。寝台の下で眠るようになったのは」

当時の彼を、ミュリエルは知らない。

十歳の彼を抱きしめてあげることも、やわらかな寝台で添い寝してあげることもできない。

時間は過ぎてしまった。彼はもう二十七歳の青年である。

だが、今ここにジョシュアはいる。

手を伸ばせば触れられる距離に、抱きしめれば互いのぬくもりを感じるほど近くに、彼はいるのだ。

「ジョシュアさま、おつらかったのですね」

「俺が?」

彼は少し驚いたように水色の目を瞠（みは）った。

あるいは、心外だったのかもしれない。彼自身の抱える苦しみに、ジョシュアは気づいていなかったから寝台の下で眠る日々を過ごしてきたのだ。

「はい。それからずっと寝台の下で眠っていらしたのでしょう？」

まだ十歳の少年が、誰に相談することもできぬまま、毎夜寝台の下で眠っていただなんて、想像するだけで悲しい。

誰か、彼に寝台で眠る幸福を教える者はいなかったのだろうか。

不夜王だなんて呼ぶよりも、王がどこで眠っているか捜す者はいなかったのだろうか。

「そうかもしれない。だが、自覚はない。それに、寝台の下で眠る俺だからこそ、あの日、きみを見つけた」

あの日——

伯母の別荘の離れで、ミュリエルはジョシュアと出会った。

なぜジョシュアが離れへやってきたのかはわからない。もしかしたら伯母の別荘で退屈していて、散策でもしていたのかもしれない。

——だけど、理由はなんであれ、わたしたちは出会った。ううん、出会えた。

寝台の下で眠ることのすべてが悪いとは思わない。ふたりにとっては運命の場所とも言える。

ミュリエルが寝台の下で眠ってしまったからこそ、彼は興味を持ってくれたのだから。

「きみを、寂しがらせたくはないのだ、ミュリエル」

「え……？」

抱きしめる腕に力を込めて、ジョシュアがひたいとひたいをくっつけてきた。

体を重ねて真実の夫婦になった今でも、この距離で彼に目を見つめられると心臓が高鳴る。

あらためて、彼のことを心から愛していると強く感じた。

「俺がともに眠れないせいで、きみは距離を感じていたのではないだろうか。決して、きみを遠ざけたわけではない。俺はきみに快適に過ごしてほしかった。だから、寝台の上で眠ってくれと——」

「待ってください」

指先で、彼の言葉を遮る。

——わたしが寂しそうにしていたのを、誤解していらっしゃるの？

ミュリエルの懸念は、寝台の上と下に分かれて眠ることよりも、彼に愛の言葉をもらえていないという点にあった。

そして、その不安はすでに解消されている。

先ほど抱かれたときに、ジョシュアは何度もミュリエルに愛を囁いてくれた。体の隅々まで彼の愛情が行き渡り、今は幸福に包まれているというのに。

「ジョシュアさまが床で眠っていられることに不満はありません。ただ、お体が心配ではあります。寂しかったら、わたしのほうから寝台の下へ行きますもの」

「……きみは、見た目よりずっと逞しい」

「はい。健康で健啖家です！」

　ふふっと笑うミュリエルに、彼も笑顔を見せる。

「ちなみに念のため確認したいのだが、寝台の上と下でそれぞれ眠ることに不満がないのなら、なぜ最近のミュリエルはいつも寂しげにしていたんだ？」

「そ、それは……」

　――ジョシュアさまが、わたしを好いてくださっているかわからなかったからです！

　とは、なかなか言えない。

「なんでも言ってくれ。俺たちは夫婦だ。この先、一生ともに生きる。隠しごとはよくないだろう」

　真摯な声に、黙ってやり過ごすこともできなくなる。

　彼を悩ませたままにしておくのはミュリエルだって嫌だ。

「あの、わたし、ジョシュアさまに……愛されているかどうか不安で……」

　おそるおそる彼の顔を見ると、今まで見たことのない表情のジョシュアがそこにいた。

　上がった眉には驚きが、見開いた目はどこかうつろで、開いたままの口が当惑とにやけに揺らいでいる。

「笑わないでください。本気で悩んでいたのです！」

　唇を尖らせるミュリエルに、彼が艶（つや）やかに微笑む。不夜王と呼ぶ者たちは、ジョシュアの笑顔を知らないのだ。知っていたら、太陽王とでも呼ぶに違いない。

「まさか、そんなことを心配していただなんて思いもよらなかったぞ」

「だって、ジョシュアさまは一度もわたしを好きだとおっしゃらなかったではありませんか」

「……そうか？」

「はい、そうです」

頬を膨らませ、ミュリエルは拗ねた顔をぷいと逸らす。

「最初から、言っているつもりだったのだがな」

「えっ、最初から？」

それは、いつを指すのだろう。

出会ったときか。あるいは結婚式か。

「だって寝台の下で眠る女性なら、わたしでなくともよかったのでは……」

「なぜそうなる。俺は、きみを愛している」

間近に美しい彼がいて、真剣なまなざしで愛を語られると心臓が口から跳び出しそうだ。

「むしろ、きみこそどうなのだ。きみは王である俺に求婚され、断ることもできずに嫁いできたのだろう？　ほんとうは、ほかに思う男がいたのではないのか？　それとも、キースのように話しやすい気さくな男が好きなのでは――」

「待ってください！」

ミュリエルは彼の言葉を再度遮った。キースに対してそんな感情を持ったことはない。むしろ、少々胡散臭いと思っているくらいだ。

「わたしは、ジョシュアさまに初めて声をかけていただいたときに恋に落ちたんです……っ」

あの寝台の下で。

求婚されるよりも先に、ミュリエルはきっと彼に恋をした。

まるで、彼だけが自分を見つけてくれたように感じたのだ。あの日のことを、今も鮮明に覚えている。

——あなたがどこの誰かも知らないうちに、わたしは……

「そう、だったのか？」

わずかにジョシュアの頬も赤みがさしている。白磁の頬に動揺がにじむのを見て、ミュリエルは愛しさに胸を焦がした。

——ああ、なんて美しくて優しくてステキなわたしの陛下。

「はい。ジョシュアさまがわたしの初恋の方です」

はっきりと宣言すると、彼が息を呑んだ。

「——……参った」

彼は、困ったように笑ってミュリエルの頬にキスをした。

「王ともあろう者が、妻にこれほど翻弄されてしまうとは。俺はこの先が心配でならない」

「まあ！」

「きみは、俺の感情を動かす極意を知っているらしい」

「そ、そんな、わたし……んっ……」

何度も重ねた唇が、自然なキスに甘く濡れる。膝の上に抱き上げられたまま、ふたりは長い長いキスに酔いしれた。

「ジョシュアさま、ま、待ってください」

「駄目だ。待たない」

「あの、でも、つい先ほどもしたばかりで……！」

「もう一度、愛してはいけないだろうか？」

――懇願されたら、断れるわけがないわ。

ミュリエルは頬を染めたまま、唇を尖らせて、小さくうなずいた。

「それと、気が早いかもしれないが俺たちの間に生まれてくる子に関してだが」

「は、はい」

「母を暗殺した集団については、このほど無事に殲滅した。キースがよく働いてくれたおかげだ。この先、俺たちの子が狙われることはないだろう。安心してほしい」

彼は、優しく微笑む。

その笑みに、どこか痛みを隠して。

「……愛しています、ジョシュアさま」

――あなたに、新たな家族を。わたしだけが、できること……

「俺も愛している。永遠に。きみを」

・・・・・―――・・・・・・・・―――・・・・・

誰も幼い彼にベッドの上で眠ったほうが安らげると教えてあげなかった。ミュリエルは、そのことを考えて胸が痛くなる。

入浴を終えて侍女とともに寝室へやってくると、小さな決意を胸に扉を開けた。

「ジョシュアさま、失礼いたします」

中に入ったミュリエルは、侍女に手招きをする。小ぶりのワゴンで運ばれてきたのは、先日購入した海の向こうで使われる香炉だ。すでにフランキンセンスを温めてある。

「何かいい香りがするな。香炉か」

「ご存じですか？」

侍女が運び入れた香炉を、寝台の横にある飾り棚に置いた。

「即位の祝いに他国からもらったような覚えがある。中に乳香を入れて炊くのだろう？」

「にゅ……これは、フランキンセンスという樹脂が入っています」

「それが乳香だ」

なるほど、呼び名が異なる同じものということらしい。

「フランキンセンスは、古い言葉でほんとうの香りという意味だ」

「まあ、ジョシュアさまはほんとうに博識ですね！」

侍女たちが下がると、ミュリエルは彼のそばに寄り添った。

互いに寝間着姿で、ふたりはそっと抱き合う。背の高いジョシュアと並ぶと、ミュリエルは自分が小さな子どもになったように錯覚することがあった。

「それにしても、珍しいものを持ってきたものだ。ミュリエルは香炉をどこで手に入れた？」

「先日、マリエさまと妹たちと商業地に出かけたときです。ジョシュアさまにお土産にと買ってきたのですが……」

あれから、結構な日数が経っている。

彼に愛されていないのではないかと不安に駆られて以降、ミュリエルはジョシュアとの接触を極力避けていたせいだ。

王都では外出時にどこかへ立ち寄る自由もなかった。

けれど今、この離宮で暮らすミュリエルは前もって外出の申請をすれば商業地を歩き、自分で買い物をすることもできる。

王都と違って人口が少なく、のどかな土地柄ということもあるのだろう。

だが、マリエたちと外出して買い物する機会があったからこそ、彼のために香炉を買うこともできた。王宮の火事は恐ろしかったけれど、災い転じて福となす。

「フランキンセンスには、よく眠れる効果があるそうです。なので、ジョシュアさま、よろしければ今日はわたしと一緒に寝台に横になってみませんか?」

考えてみれば、彼と出会ったばかりのころならこんなふうに気軽に誘うことはできなかった。婚約期間の一年と、結婚後の時間を経て、ふたりの距離はゆっくりと近づいてきている。

——この先、もっともっとジョシュアさまを知っていきたい。

そんな想いを胸に、彼をじっと見つめる。

「そうか。それで土産に選んでくれたのだな」

「はい。でも、もし眠れなかったらちゃんと言ってください。その場合には、ふたりで寝台の下で眠りましょう?」

ミュリエルは知っている。

過去に二度、彼はミュリエルと一緒に寝台の上で横たわって夜を過ごした。けれどそのどちらの夜も、一睡もできなかったのだ。

——眠らないのはいちばん体に悪いと言うわ。

愛する人には長生きしてもらいたい。一秒でも長く、そばにいたい。

だから、今夜はミュリエルが先に寝台に横たわる。そしてそっと腕を伸ばす。

「ミュリエル？」

妻の行動にかすかな戸惑いを覚えたらしいジョシュアが、小さく呼びかけてきた。

「いつも一緒に眠るときはジョシュアさまに抱いていただいていますが、今日はわたしの胸に頭をどうぞ。枕にしてくださいませ」

彼に抱きしめてもらうと、ミュリエルは安心できる。その優しくて幸せであたたかな気持ちを、彼にもあげたかった。

大人になると、誰かに抱きしめてもらう機会が減るという。自分には妹たちがいたから、いつもふたりから抱きつかれ、抱きしめて生きてきた。

人のぬくもりを、物理的に感じる日々を生きてきたのだ。

——けれど、国王であるジョシュアさまを抱きしめてくれる人は、そういないはずだわ。それに、ジョシュアさまは十歳でお母さまを亡くしていらっしゃるんですもの。

眠れない夜におびえていた、十歳の彼を抱きしめることはできない。時の砂は決して過去に向かって落ちていくことはしない。

けれど二十七歳のジョシュアを抱きしめることは、いくらでもできるのだから。

——わたしは、今、目の前にいるこの人を愛している。そして、彼に幸せな眠りを味わってほしい。できることなら、ほかの誰かとではなくわたしと共有してほしい。

「なんだか気恥ずかしいものだな」

ほんのりと照れを覗かせつつ、彼は寝台に体を横たえる。そしてミュリエルの胸元にそっと頭をのせた。

「……温かい、な」

「ふふ、わたし、初めて胸が大きくてよかったと思いました。いい枕になりますよね？」

いつも、どちらかというとコンプレックスだった胸すらも、彼の役に立てるのなら嬉しい。

「きみは、妹たちにもこうして接してきたのだろう？」

「そうですね。母を亡くしてから、わたしが母親代わりでしたので」

「年下の妹さんたちならまだしも、十歳も上の男を相手にするのは――」

「ジョシュアさま」

彼の黒髪を撫で、ミュリエルはひたいにそっとキスをする。

それは、いつも彼がしてくれることだった。同じ優しさを彼に返したい。彼がくれた愛情を、自分もジョシュアに与えたいと強く願う。

「わたしは、愛する夫が眠りやすいようお手伝いしたいのです。あなたは、十歳上の見知らぬ男性ではなく、わたしの大切な夫なのです。ほかの誰かに同じことはできません。ジョシュアさまだから、こうしておそばにいたいんです」

それまでは少しこわばっていた彼の体から、ゆっくりと力が抜けていく。

――気持ちが、伝わったのなら嬉しいけれど。

「感謝する。俺は、きみに出会えたことを神に感謝しているけれど、きみという存在そのものにも心から敬意を払う」

「夫婦ですもの」

「ああ、きみは俺の大切な妃だ」

それから半刻ほど、ふたりはぽつりぽつりと話をした。ときにキスをかわし、ときに手をつなぎ、なんでもない時間を満喫する。

――いけない。わたしのほうが眠くなってきてしまったわ。

「ふあ……」

あくびを噛み殺していると、驚くべきことにジョシュアが大きくあくびをしたではないか。

「……眠くなってきたような気がする」

「目を、閉じてみましょう。眠れるかもしれません」

興奮する気持ちをぐっとこらえ、ミュリエルは彼のまぶたの上に手のひらを置いた。

「なんだかこれはとても心地よいな。きみは苦しくないか？」

「はい。ジョシュアさまの重さを感じるのは幸せです」

「っっ……、少々誤解をうみそうな発言だが」

「え？」

「いや、なんでもない。ミュリエル、ありがとう」

そう言って、彼は黙り込んだ。

互いの息だけが、寝室に満ちていく。ミュリエルは目を閉じて、彼の呼吸に耳を澄ませていた。

どのくらいの時間が過ぎただろう。寝室には、フランキンセンスが香っている。すう、すう、と小さく聞き覚えのある音が聞こえてきた。

――ジョシュアさま、おやすみになられた？

薄目を開けて確認すると、ミュリエルに抱きついた格好でジョシュアは眠っていた。

胸いっぱいに、愛しい気持ちが溢（あふ）れかえる。

ただ、彼を愛していた。彼を愛しく思い、彼の幸福を願い、彼とともにいたいと強く感じている。この想いを教えてくれたのは、ジョシュアだ。

ゆっくりと彼のまぶたを覆う手をよけると、彼はそれに気づくことなく寝息を立てていた。

泣きたいくらいの優しい気持ちを胸に、しばし愛しい夫の寝顔を見つめつづける。

もちろん、今夜一晩眠れたからといって明日からどうなるかはわからない。明日が駄目だったら、明後日また試してみればいい。

ふたりには、長い長い時間が与えられている。神の前で、生涯をともにすると誓ったのだ。

――ねえ、ジョシュアさま。わたしたち、いい夫婦になれるでしょうか？　わたしは、あなたにとって善い妻になりたいのです。

寝台とは、体を休めるためにある。

硬い床で眠るよりも、ずっと体が楽になる。

そのことを、ジョシュアの体が思い出してくれないだろうか。

「……愛しています、ジョシュアさま」

艶やかな黒髪をひと撫でして、ミュリエルも目を閉じる。

この温かな時間が、朝まで続きますように、と祈りを込めて――

・・・・・|・・・・・・・・・・|・・・・・

朝から空は雲ひとつなく、昨晩の雨で少し湿った土の香りがしている。

今日は、ウェイチェット王国の民たちが待ち望む、年に一度の収穫祭の日だ。

豊穣の女神への祈りを捧げたミュリエルに、集まった民衆たちは惜しみない拍手と喝采を送ってくれた。この国で豊かなのは水、緑、そして人の心だとミュリエルは思う。

生まれ育った国を愛する気持ちは誰にでもあるだろう。

けれど、王であるジョシュアと結婚してから、ミュリエルには国を思う気持ちに変化があったように感じている。

以前よりも、国を民を領地を自然を、身近な存在として愛しているのだ。

まるでこの国のすべてが、自分の家族のように思う。

やまない拍手の中、ミュリエルはゆっくりと祭壇から下りる。足元に気をつけながら階段を下りていると、一度は収まってきた歓声が急に高まった。

何事かと顔をあげると、ミュリエルを迎えにジョシュアが階段を上ってくるのが目に入る。

「ジョシュアさま、どうしたのですか?」

「長い裾が心配だったものでな。さあ、手をこちらに」

「ありがとうございます」

国王自ら、王妃を迎えに来たのだ。まして、新婚のふたりである。集まった民衆が喜ぶのも当然というもの。

彼の手をとって歩くミュリエルに、ジョシュアが甘やかな笑みを向けてくる。

「ミュリエル、今年の豊穣の女神はずいぶん機嫌をよくするだろうと言われていたぞ」

「ありがとうございます。わたし、うまくできていたでしょうか?」

収穫祭は国を挙げての一大行事だ。ミュリエルも双子の妹たちが生まれる以前に、両親と見に来たことがある。だが、それはもうずっと昔の幼いころの記憶で。

母が亡くなってからは、妹たちの世話に明け暮れて収穫祭に来たこともなかった。

自分は正しく祈りを捧げられただろうか。もし何か失敗して、来年の収穫に影響したらどうしよう、とそんなことを考えていると——

「ああ、もちろんだ。我が愛しの妃に不可能はない」

ドレスに身を包んだミュリエルは、ジョシュアと顔を見合わせて小さく笑いあった。

彼がいてくれるなら、なんだってできる。彼のため、彼の守る国のため、ミュリエルはなんでもする覚悟をしたのだ。それこそが、王妃という生き方だと感じている。

「わたしの愛しの陛下がそうおっしゃってくださるのなら、できないことなんてありませんね」

ふたりが階段を下りたあとも、民衆は大きな声を張り上げていた。

「夜明けの王妃さま、ばんざい！」

「夜明けの王妃さまに乾杯！」

「ジョシュア王とミュリエル王妃に感謝を！」

「我らの若き国王夫妻に祝福を！」

いつの間にか、ウェイチェット王国におけるミュリエルの愛称は夜明けの王妃で周知されてしまった。

正直に言うと、あまりに大仰な愛称で自分では力不足に思わなくもない。

けれど、彼らがそう呼んでくれるのなら彼らのためにもその呼び名にふさわしい王妃になりたい。

——わたしは、夜明けの王妃になるの。そしてジョシュアさまと一生添い遂げるわ。たとえ夜が明けない日が来たとしても、この人とこの国を守っていく。生きていく。

強い覚悟で地面を踏みしめると、

「おねえさまっ」

どん、と腰に衝撃があり、祭りに参加していた双子が抱きついてきたではないか。

シェリルとクローイにとっては、今回が生まれて初めての収穫祭だ。

マリエが双子に収穫祭のためのドレスをプレゼントしてくれて、シェリルとクローイはかわいらしく着飾っている。妹たちはマリエのことを新しい姉のように慕っていた。

「まあ、ふたりともどうしたの？　ここへは関係者しか入れないのに」

「マリエさまがね」

「入れてくれたんだよね」

収穫祭らしいエプロンドレスの双子は、そろって同じ方向に目を向ける。彼女たちの視線をたどると、そこにはキースと並んで歩いてくるマリエの姿があった。

「ほら、せっかくの収穫祭なんだからさ」

「収穫祭と、腕を組んで歩くことになんの関係があるの？」

「皆が浮かれている日なら、俺たちもちょっとはいちゃいちゃしてもいいかなってことだよ」

「そっ、そんなこと、一国の王女が……」

「婚約者と歩いているのに、機嫌の悪そうな王女のほうが心配されるだろ？」

「っっ……！」

頬を真っ赤にするマリエは、完全に恋する乙女の表情だ。あの姿を見て、機嫌が悪そうだと思う者もあるまい。

春になれば、彼女はキースと結婚する。

国の上層部が検討しつくした結果、キースには王女マリエのもとに婿入りしてもらうことになったそうだ。何しろ、ウェイチェット王国には今、直系の王族が非常に少ない。

だからこそ、ミュリエルにかけられる期待も大きい。

いろいろと遠回しな言葉で届けられるその期待というのは、要約すれば「たくさん産んでください」である。

――ジョシュアさまに、新しい家族を作ってさしあげたい。その気持ちはわたしにもあるのだけれど、いかんせん神さまのご気分次第ということかしら。

何しろ、すでにジョシュアの寵愛を一身に受けているミュリエルだ。夜毎、愛されすぎて年中睡眠不足という悩みは尽きない。

隣に立つ愛しい人をちらりと見上げると、彼もこちらを見つめている。

昨晩も、収穫祭のために早く寝ようと言っていたにもかかわらず、いったい何度愛されたことか――

そこに、ミュリエルに気づいたらしいマリエが駆け寄ってくる。

「ミュリエルさま、とてもすばらしい祈りでしたわ。来年の豊穣も約束されたようなものでございますわね」

以前は人形のような美貌と称されたマリエだったが、今の彼女を見てそう言う者はいないだろう。

キースとの結婚が決まってからというもの、彼女は表情を取り戻した。もしかしたら、ミュリエルが知らなかっただけで白い結婚以前のマリエは感情豊かな女性だったのかもしれない。

たった十五歳で国のために政略結婚を受け入れた王女。そしてマリエにもまた、兄であるジョシュアと同じ母の最期の記憶が残っているのかもしれない。

――ジョシュアさまだけではなくマリエさまも、この国を守ってきてくださったのね。

敵国に、まだ年若い王女がひとりで嫁いでいくことの恐ろしさを考えれば、そこで生き抜いて帰ってきてくれたことに感謝しかない。

強く生き抜く彼女を、ミュリエルは同性として心から尊敬している。

そのマリエが、心から愛する人と結婚することを決めたのだ。

来春には、国を挙げての式典を行う予定になっている。ミュリエルは、マリエの結婚を心から嬉しく思っていた。

「ジョシュアの顔色がよくなったのも、ミュリエルちゃんのおかげだって評判だよ。さすがは夜明けの王妃さまだね」

「キースさまったら」

秋空のもと、幸福が国を包んでいく。

かつて、后を殺された王は現実から目をそらし、国が傾くことにも気づかぬふりをした。愚王と呼ばれることもあるジョシュアとマリエの父王だが、それはひとつの愛を貫く道だったのかもしれない。

けれど、その子どもたちは国を守ることに尽力している。ジョシュアも、マリエも。そしてこれからは、ミュリエルもキースも――

「ねえねえ、おねえさま」

「質問があるの」

双子が左右から、ミュリエルの白いやわらかなスカートを引っ張った。

「どうしたの、シェリル、クローイ」

腰をかがめて目線を下げると、双子が以前よりも大きくなっていることに気づく。数年もしたら、小柄なミュリエルは身長を抜かれてしまうかもしれない。

「おねえさまは陛下と出会ったとき、寝台の下にいたでしょう？」

「ええ、そうね。伯母さまの別荘でかくれんぼをしていたときよ」

妹たちの言葉に、懐かしい気持ちになる。

けれど、彼女たちの質問には続きがあった。

「ステキな男性に求婚されるには、寝台の下にいることが大事なの？」

「なっ……!?」

子どもたちの無邪気な質問に、ジョシュアもマリエもキースも笑い出す。ミュリエルだけは、恥ずかしさに両手で頬を覆っていた。

「そ、それはね……」

言葉に詰まるミュリエルに代わり、ジョシュアが双子の質問に答える。

「ああ、そうだとも。ウェイチェット王国では、寝台の下にいる女の子に求婚するとうまくいく。そういう新しい伝承ができるかもしれないな」

「ジョシュアさまっ！」

これがあながち冗談にはならず、実際にその数年後には国内に『求婚するときには、彼女に寝台の下に隠れてもらう』という奇妙な風習ができた。

ジョシュアとミュリエルの若き国王夫妻が幸福である限り、その風習は続くだろう。

秋の高く澄んだ空の下、ミュリエルは愛しい人と並んで幸福を噛みしめる。

この国に生きるすべての民たちが、等しく幸福でありますように。

豊穣の女神に捧げた祈りとは別に、ミュリエルは心の中でもう一度祈る。

「じゃあ、夫婦げんかをしたときも、寝台の下で仲直りをするの？」

まだ続いていた双子の質問に、キースがしたり顔で口を開く。

「それは寝台の上のほうがいいだろうな」

「えー、どうして？」

「ねえ、どうして？」

「それはねえ……あっ、痛たたたた、マリエ、やめて、踵(かかと)で踏むのはやめて……！」

子どもたちに不適切な発言をしたキースは、王立騎士団副団長とは思えない様相で婚約者に足を踏まれている。

「寝台の上も下も関係ありません！　いい、シェリル、クローイ？　こんな軽薄な男の言うことを信じては駄目よ」

「「はーい」」

剣技に長(た)けた騎士とて、愛する者にはかなわない。

ミュリエルは、周囲に見えないようこっそりとジョシュアの手を握った。

それに気づいた彼が、手を握り返してくれる。

幸福を、ふたりの手の中に閉じ込めて。


……………┃……………┃……………

「あ、あああ、あの、ジョシュアさま、これは本気ですか⁉」

離宮に、冬が訪れる。

窓に結露が流れはじめるころ、ミュリエルはジョシュアの執務室で小さく悲鳴をあげた。

「愛を深めるのに、何か問題があるのか？」

彼は相変わらずいたってまじめな顔で、とんでもないことを言い出す。

昼間の執務室。けれど、ふたりが座っているのは椅子でもなければ長椅子でもない。重厚な机の下に、抱き合っているのである。

「狭いところで愛を交わすのが好きだというのは存じています。でもここは、その……」

廊下を誰かが通ったら、声を聞かれてしまうのではないか。ミュリエルはおろおろと机の下で左右を見回す。当然、何も見えるわけがない。

「今日の午後は、誰も寄せ付けるなと言ってある。心配しなくていい」

「っっ……」

――人払いをする時点で、何かあると思われてしまいます！

そんなミュリエルの気持ちを知ってか知らずか、彼はいそいそとドレスの裾から手を入れてきた。

「んっ、やん！」

内腿を撫でられ、甘い声が出る。

「身動きできないというのも悪くないだろう？」

「〜〜〜〜っっ、そ、そんなこと……」

「だが、ここはもう濡れてきている」

　下着の割れ目から忍び込んだ指が、ミュリエルの亀裂をつうとなぞった。

「ひぅッ」

「声が気がかりなら、俺にまかせておけばいい。キスで塞いで、ミュリエルのかわいらしい声を全部俺だけのものにしよう」

　彼の太腿を跨いだミュリエルは、引き出しの下に後頭部をつけた格好でジョシュアにくちづける。慣れたキスが、すぐに官能を甘く呼び覚ました。

　──キスするだけで、こんなに感じてしまう体にしたのはジョシュアさまなのに。

「ん、んっ」

「もっと舌を出して。俺に食べさせてくれ」

　指先が蜜口をくちゅくちゅとあやしている。その水音が、いっそうミュリエルを淫靡な気分にするのだ。

　あの夜から、ジョシュアは寝台で眠れるようになった。

　不夜王の名は返上である。

「きみが教えてくれたから、俺は寝台の意味を考え直せた」

「ん、は……」

「愛する人と抱き合う、大切な場所だ」

――だったら、なぜ机の下でこんなことをなさるの？

そんなミュリエルの気持ちを読み取ったかのように、ジョシュアが甘く微笑んだ。

「ただし、寝台以外でもきみを抱く。どこでだって、俺はきみを抱きたい」

「……もう、ダメな陛下です」

「嫌いになるか？」

「いいえ、大好きですよ」

たっぷりと濡らされたあと、着衣のままで彼を挿入される。

「んんんっ……！」

ほとんど身動きできない狭い場所だ。ミュリエルは、快感に揺らぐ体をこらえるため、ジョシュアの首にきつく抱きついた。

「ああ、たまらない。ひどく締まる、ミュリエル」

「ひゃ、ぁんッ」

「中が俺の形になってきたな。ほかの男など、絶対に受け入れさせない。きみを抱くのは、生涯俺ひとりだ」

下から突き上げられ、子宮口がきゅうとせつなさに満ちる。

何度愛してると伝えても。

何度体を重ねても。

互いのすべてを知ることはできない。それでも知りたい。知ってもらいたい。

「ミュリエル、俺は寝台のほかに、もうひとつ知ったことがある」

「あ、あっ、んんん、何、を……？」

「夫婦の営みというのは、快楽のためだけにあるのではないのだな」

「ひ、あッ……」

「きみを愛する気持ちを表現することができる。こうして、何度抱いても足りないと俺の体が訴えている」

ひときわ深く貫かれ、ミュリエルは声にならない声であえいだ。

息が上がる。狭いところで着衣のまま抱き合っているので、肌がしっとりと汗ばんでいく。

「愛している、ミュリエル。早くふたりの子どもがほしい」

「ジョシュアさま、わたしもお慕いしています。ですが、あの、今はもう……あ、あっ」

「何度でもともに果てよう。かわいいミュリエル」

花嫁の極意は、愛し愛されること。

ミュリエルは健康でおいしいものが好きで、長女気質だというほかに取り柄のない自分を知っていたが、ジョシュアを愛する才能だけは抜きん出ていた。

そして、愛される才能も――

「ああ、抱いても抱いても足りない。このまま夜まで、きみとつながっていようか」

「そんなこと、ダメぇ……っ」

不夜王の最愛の夜明けの王妃は、蜜口をきゅうと引き絞って夫の劣情を食いしめる。

幸福なふたりのもとに、新しい幸せの兆しが訪れるのはもう少し先のお話。

王は新たな家族を迎え、その命果てるまで王妃と子どもたちを大切に愛し抜いたという。

ただしその性癖については、ミュリエルしか知らない秘密——

あとがき

こんにちは、麻生ミカリです。

蜜猫文庫では、六冊目のご挨拶になります。お久しぶりです。

このたびは『眠れぬ国王陛下のイケナイ秘密は没落令嬢の花嫁だけがご存知です』を手にとっていただき、ありがとうございます。

最近、ドレスものは魔法や転生などファンタジー色の強いお話が多かったため、純粋にヒストリカル風のお話を書くのが自分でも驚くほど久々でした。

前回の蜜猫文庫以来なので、ほぼ三年ぶりになります。


さて、本作のヒーローである不夜王ことジョシュアには、タイトルからわかるとおり人とは違う趣味、いや、性癖、うーん、特徴……のようなものがあります。

幼いころのトラウマから、ある場所でないと眠れないという。

この特徴が、本作を書くきっかけでした。

一風変わった何かを持ちつつ、普段は完全にクールな男性。うーん、完全にわたしの好みの設定です。

ここにひと匙のヤンデレを落とすのもまたヨシですね！（※ジョシュアはヤンデレではありません）

ちなみに、作者はベッドの下の隙間がとても苦手なのでローベッドを愛用しています。

わりと生真面目で、愚王扱いされた父と同じ轍を踏まないよう国に誠実に生きてきたジョシュア陛下ですが、やっと自国が落ち着いて、政略結婚に送り出していた妹王女も取り戻して、ついに結婚！　このあたりで、箍が外れてしまったのでしょう。

気づけば、わりと王妃を溺愛する暴走陛下になってしまったような……？？？

恋をするまで自分のヘキに気づいていなかった陛下が、だんだんと開眼していくお話でもあります。

そして、とある事情で陛下に見初められてしまった主人公のミュリエル。

こちらも真面目で素直なちょっと世間知らずの貧乏令嬢なので、結婚から始まるふたりの恋は大きな陰謀も横槍を入れてくるライバルもいないのに、なんとも前途多難になるわけです。

プロポーズから始まる恋のお話というのが、たまらなく大好物です！　何度でも書きたいくらいに好きです！

一応ミュリエルの名誉のため（？）に書いておくと、彼女は特段大食いというわけではありません。ジョシュアとマリエが食が細いだけなのですが、その中にいると健啖家扱いされてしまうというだけで！

元気にもりもり食べるミュリエルを見て、幸せそうなジョシュアの姿が目に浮かびます。

そういえばこのふたりは、お兄ちゃんポジションのジョシュアとお姉ちゃんポジションのミュリエル、長男×長女のカップルですね。

どちらも基本的に面倒見のいいふたりですが、いざ自分の恋路となると……？？？


そして脇カプではありますが、騎士のキースと出戻り姫マリエ。このふたりも書いていて楽しいカップルでした。

いつもちょっとツンとしているマリエですが、小さいもの、かわいいものに目がないのです。なのでミュリエルのことも、ミュリエルの双子の妹たちのこともかわいがってくれるんですね。

ジョシュア・ミュリエル夫妻とともに、末永く王族として幸せに暮らしていってほしいなと願います。


イラストをご担当くださった、ウエハラ蜂先生。お久しぶりにイラストを描いていただき、あまりの美しさに目がくらむほどでした！

ミュリエルのキャラデザを最初に見たときには、孤独な人生を生きてきたジョシュアが一気に恋に落ちるのも当然と思わせる、説得力のある可憐さに驚きました。かわいい、かわいすぎる！

そして孤高の王であるジョシュアも、イメージどおり、いや、イメージを遥かに超えていく美貌でした。最高すぎて、感謝しかできない……！

ふたりをとても魅力的に描いていただき、ほんとうにありがとうございました。

最後になりましたが、この本を読んでくださったあなたに最大級の感謝を込めて。

この本が発売されるころ、わたしは物書き生活十一年を少し過ぎたぐらい。ほんとうに、こんなに長く書いてこられたのは読者の皆さまがいてくださるおかげです。

これからも楽しくてせつなくて、温かくて優しいお話を書いていけるようがんばります！

またどこかでお会いできる日を願って。それでは。

二〇二二年　今月最後の月曜の朝、白湯を飲みながら　麻生ミカリ

蜜猫文庫をお買い上げいただきありがとうございます。
この作品を読んでのご意見・ご感想をお聞かせください。
あて先は下記の通りです。

〒102-0075 東京都千代田区三番町 8 番地 1 三番町東急ビル 6F
(株)竹書房　蜜猫文庫編集部
麻生ミカリ先生 / ウエハラ蜂先生

眠れぬ国王陛下のイケナイ秘密は没落令嬢の花嫁だけがご存知です

2022 年 8 月 29 日　初版第 1 刷発行

著　者　麻生ミカリ　©ASOU Mikari 2022

発行者　後藤明信

発行所　株式会社竹書房
〒102-0075 東京都千代田区三番町 8 番地 1 三番町東急ビル 6F
email : info@takeshobo.co.jp

デザイン　antenna

印刷所　中央精版印刷株式会社

憧れの聖騎士さまと結婚したらイジワルされつつ溺愛されてます

どうされたいか素直に言ってごらん

「俺のかわいらしい花嫁。これは夢だ。朝になれば何もかも忘れられる」エランゼの王女エリザベスはずっと憧れていたジョゼモルシ国の聖騎士、クリスティアンに求婚される。彼はエリザベスには他に想う相手がいるのだと誤解していて、優しく接してくれるも抱いてくれない。好きな人に嫁いで幸せを感じつつ、複雑な日々を過ごすエリザベス。だがある日を境にいつもと様子の違う夫に淫らなことをされる夢を見るようになって!?